たったひとつの君との約束

～なみだの聖夜～

みずのまい・作
U35（うみこ）・絵

集英社みらい文庫

ひかりがすき。
なのに、私《わたし》たちは、会《あ》えない日《ひ》が多《おお》すぎる。
ひかりのいない時間《じかん》だけがふえていく。
けど、私《わたし》は信《しん》じているの。
ひかりが優勝《ゆうしょう》することを。
クリスマスイブのきせきを。
私《わたし》とひかりのために雪《ゆき》は踊《おど》るように降《ふ》り続《つづ》ける。

きっと……。

目《もく》次《じ》&人《じん》物《ぶつ》紹《しょう》介《かい》

明《あか》るくてまっすぐな性格《せいかく》。
サッカーが大好《だいす》き。

大木《おおき》ひかり

前田未来《まえだみらい》

小《しょう》5のときに病院《びょういん》でひかりと出会《であ》う。6年生《ねんせい》になり、再会《さいかい》。持病《じびょう》がある。

二谷官九郎《にたにかんくろう》

ひかりの親友《しんゆう》。脚本家志望《きゃくほんかしぼう》。
静香《しずか》を気《き》に入《い》っている。

クラスメイト。未来《みらい》に
告白《こくはく》したことがある。

藤岡龍斗《ふじおかりゅうと》

鈴原静香《すずはらしずか》

明《あか》るく元気《げんき》な未来《みらい》の親友《しんゆう》。
龍斗《りゅうと》のことが好《す》き。

ひかりの父《ちち》。
ひかりの試合《しあい》で出会《であ》った未来《みらい》を見《み》て、なぜか涙《なみだ》を流《なが》しはじめ…？

大木大《おおきだい》

未来《みらい》の母《はは》。
夫《おっと》が亡《な》くなってから、働《はたら》きながら未来《みらい》と2人《り》で暮《く》らしている。

前田未希子《まえだみきこ》

あらすじ

ひかりとは、5年生《ねんせい》のとき病院《びょういん》で出会《であ》った。
一年後《ねんご》に会《あ》おうって約束《やくそく》をして――
6年生《ねんせい》の夏《なつ》、キセキ的《てき》に再会《さいかい》した。

ひかりとは学校《がっこう》がちがう。
めったに会《あ》えないから、
連絡方法《れんらくほうほう》は、手紙《てがみ》や電話《でんわ》が中心《ちゅうしん》。

私《わたし》のお母《かあ》さんとひかりのお父《とう》さんは
なぜか、知《し》りあいのよう。

ひかりのお父《とう》さんは
私《わたし》を見《み》て
涙《なみだ》を流《なが》していて……？

そして冬《ふゆ》のある日《ひ》、ひかりから
「大会《たいかい》で優勝《ゆうしょう》するまで手紙《てがみ》を書《か》かない」と
連絡《れんらく》がきて……!?

（続《つづ》きは本文《ほんぶん》を楽《たの》しんでね♡）

1章《しょう》

好《す》きな人《ひと》のお父《とう》さん

胸《むね》が苦《くる》しい。

だって、大好《だいす》きなひかりが目《め》のまえにいるから。

やっと会《あ》えたから！

ひかりとは学校《がっこう》もちがうし、住《す》む場所《ばしょ》もはなれているから、めったに会《あ》えない。

今日《きょう》は、ひかりがキャプテンをつとめるサッカーチーム、ファイターズの練習試合《れんしゅうじあい》。

応援《おうえん》に来《き》て、試合前《しあいまえ》にやっと、やっと、やっと……、話《はな》すことができた。

ところが、2人《ふたり》で話《はな》していると、まさか！　って人《ひと》がやって来《き》た。

なんと、ひかりのお父《とう》さん。

家族《かぞく》が応援《おうえん》に来《く》るのは当然《とうぜん》だし、お父《とう》さんのことは、ひかりから聞《き》いたこともあるんだけど、実際《じっさい》に会《あ》うのは初《はじ》めて！

緊張《きんちょう》しながらも、なんとか自己紹介《じこしょうかい》だけはできたんだけど。

こうやって、ひかり、私《わたし》、ひかりのお父《とう》さんと3人《にん》でいると、ひかりと2人《ふたり》きりより、別《べつ》の意味《いみ》で心臓《しんぞう》が鳴《な》りっぱなし！

しかも、ひかりのお父《とう》さんの様子《ようす》がおかしい。

私《わたし》の顔《かお》をまじまじと見《み》つめだし、ほほに、一滴《いってき》の涙《なみだ》がこぼれだした。

……泣《な》いている？

……どうして？

「父《とう》さん、どうしたんだよ？」

ひかりもおどろいている。

すると、おじさんがはっと、我《われ》にかえり、あわてて、涙《なみだ》を指《ゆび》でぬぐった。

「あ、いや。急《きゅう》に、むかしのことを思《おも》いだして。み、未来《みらい》ちゃんにはぜんぜん関係《かんけい》ないんだよ。ごめんね」

ひかりのお父《とう》さんは、私《わたし》にむかって、手《て》のひらを軽《かる》くふった。

「なんだよ、父《とう》さん、びっくりさせるなよ。あ、試合《しあい》はじまりそうだから！」

ひかりがグラウンドにむかって走《はし》りだし、選手《せんしゅ》たちがポジションにつく。

ピー！

ホイッスルが鳴《な》り、試合《しあい》がはじまった。

ひかりは、大《おお》きな声《こえ》をだしながら、チームメイトに指示《しじ》をだし、試合《しあい》は、どんどん進《すす》んでいくんだけど……。

残《のこ》された私《わたし》とおじさんの間《あいだ》には、なんとも言《い》えない空気《くうき》だけがただよっている。

数少《かずすく》ないベンチは、選手《せんしゅ》の家族《かぞく》でいっぱいになり、みんな立《た》って応援《おうえん》していた。

私《わたし》とおじさんもつったっているしかない。

しかも、おじさんは、なんだか応援《おうえん》しづらそうだった。

私《わたし》と2人《ふたり》で立《た》っていることに困《こま》っているようにもみえる。

じつは、私《わたし》の中《なか》では、ずっと疑問《ぎもん》になっていることがあって。

私《わたし》は、小《ちい》さいころに、お父《とう》さんが事故《じこ》で死《し》んじゃって、お母《かあ》さんと2人《ふたり》で暮《く》らしている。

お母《かあ》さんは、アロママッサージのセラピストをやっていて、以前《いぜん》、健康雑誌《けんこうざっし》にインタビュー記事《きじ》がのったことがある。

ひかりから聞《き》いたんだけど、ひかりのお父《とう》さんが、その雑誌《ざっし》のお母《かあ》さんのページを折《お》っていたって。

そして、私《わたし》のお母《かあ》さんも、「ひかり君《くん》のお父《とう》さんの名前《なまえ》知《し》ってる？」なんてきいてきて。

おそらく、ひかりのお父《とう》さんと、私《わたし》のお母《かあ》さんは知《し》り合《あ》いなんだと思《おも》う。

けど、お母《かあ》さんはその話《はなし》から逃《に》げるんだよ。

ふと、あることが頭《あたま》に浮《う》かんだ。

急《きゅう》に心臓《しんぞう》の音《おと》がはげしく鳴《な》りだす。

まさかだけど……。

さっき、おじさんが涙《なみだ》を流《なが》したことって私《わたし》のお母《かあ》さんと関係《かんけい》あるんじゃない？

どうする、思《おも》い切《き》ってきいてみる？

おじさんは、私《わたし》のお母《かあ》さんと知《し》り合《あ》いなんじゃないですかって。

お母《かあ》さんが本当《ほんとう》のことを教《おし》えてくれないのなら、自分《じぶん》から、今《いま》ここで、ひかりのお父《とう》さんに、おじさんに聞《き》くしかないんじゃない？

これは大《だい》チャンスだ！

でも、ちょっと、待《ま》って。

もし、お母《かあ》さんとひかりのお父《とう》さんが知《し》り合《あ》いだったら、どうなるの？

ぜんぜん、わからないし、想像《そうぞう》もつかない。

けれど、やっぱり、本当《ほんとう》のことが知《し》りたい！

覚悟《かくご》を決《き》めて、となりに立《た》っているおじさんに話《はな》しかける。

「あ、あの」

ピー！

ホイッスルが鳴《な》り、ひかりの対戦《たいせん》チームが「やったあ！」ってさけんだ。

ファイターズのゴール前《まえ》では、ひかりが、悔《くや》しそうにぜーぜーはーはー肩《かた》を上下《じょうげ》させていた。

得点板《とくてんばん》にチョークで、相手《あいて》チームの枠《わく》に「1」と書《か》かれる。

え！　ひかりのチーム、1点《てん》とられちゃったの？

しまった！

せっかく、ひかりの応援《おうえん》に来《き》たのに、余計《よけい》なことばかり考《かんが》えていて、ぜんぜん応援《おうえん》していなかった。

「あっというまにとられちゃったね」

苦笑《くしょう》しているおじさんと目《め》があう。

ひかりと同《おな》じやさしそうな目《め》。

今《いま》、きいたら、なんでも正直《しょうじき》に答《こた》えてくれそう。

考《かんが》えすぎかもしれないけど、おじさんは、心《こころ》のどこかで、さっき泣《な》いてしまった本当《ほんとう》の理由《りゆう》を、私《わたし》にきいてほしがっているような気《き》がする。

「あの、さっきの」

ことなんですけど……と、言《い》いかけたとき。

さえぎるように、おじさんは、持《も》っていたスーツの上着《うわぎ》にそでを通《とお》した。

「仕事《しごと》が残《のこ》っているんで、帰《かえ》るよ。ひかりを応援《おうえん》しに、わざわざ、来《き》てくれてありがとう」

え？　そ、そんな。

おじさんはスーツの上着《うわぎ》を着終《きお》えると、私《わたし》の目《め》を見《み》てこう言《い》った。

「未来《みらい》ちゃんのお母《かあ》さんは立派《りっぱ》だね。がんばって働《はたら》いて、君《きみ》みたいに、いい子《こ》を育《そだ》てて」

私《わたし》に言《い》っているというよりは、まるで私《わたし》を通《とお》してお母《かあ》さんに言《い》っているみたい。

「じゃあ」

おじさんは、帰《かえ》っていった。

仕事《しごと》が残《のこ》っているというのはウソのような気《き》がした。

私《わたし》とここで、2人《ふたり》でいることにたえられなかったんだ。

それは、つまり……。

「未来《みらい》～！　自動販売機《じどうはんばいき》、売《う》り切《き》ればかりなんだよ。さがしまわってやっと、買《か》ってきたよ。あれ！　ひかり、もう1点《てん》とられたの？　なにやってんのよ！　しっかりしなよ！

未来《みらい》がせっかく応援《おうえん》に来《き》たのに～！」

ジュースを買《か》いにいった親友《しんゆう》の静香《しずか》が、もどってくると、いつものテンションでさわぎだした。

「はい、これ、未来《みらい》のぶん」

「ありがとう」

静香《しずか》からペットボトルを受《う》け取《と》る。

「ちょっと、未来《みらい》。顔《かお》が動揺《どうよう》しまくりだよ？　1点《てん》ぐらい、すぐ取《と》りかえせるって」

「え、あ、そうだよね」

まずい。

ひかりの試合《しあい》より、おじさんは、本当《ほんとう》は私《わたし》になにか言《い》いたかったんじゃないか、そっちに気《き》がいってしまう。

そのとき。

「ひかり～、しっかりしろ！　落《お》ちつけ～！」

ファイターズのマネージャーの大宮《おおみや》まりんさんが、メガホンを口《くち》にあてててベンチから飛《と》びだしてきた。

「すごいわ、まりんの声《こえ》。怪獣《かいじゅう》みたい！　ここまで聞《き》こえてくる！」

静香《しずか》が身震《みぶる》いしている。

けど、私《わたし》は大宮《おおみや》さんの迫力《はくりょく》ある声《こえ》のおかげで、はっと我《われ》にかえることができた。

そうだよ、ひかりの応援《おうえん》に来《き》たんだから、試合《しあい》に集中《しゅうちゅう》しないと！

すると、ひかりとファイターズがいつもとちがうことに気《き》づいた。

動《うご》きが鈍《にぶ》いっていうか、まとまりがないように見《み》える。

ひかりの動《うご》きが悪《わる》くて、ほかの選手《せんしゅ》にも伝染《でんせん》しているみたい。

まさか、ひかりも、試合《しあい》に集中《しゅうちゅう》できていない？

おじさんが泣《な》いたことを気《き》にしているの？

「ファイターズ、がんばって～、しゅうちゅう～！」

自分《じぶん》とひかりに言《い》い聞《き》かせるかのように、おなかから声《こえ》をだした。

静香《しずか》がびっくりした顔《かお》でこっちを見《み》た。

次《つぎ》に真顔《まがお》で実況中継《じっきょうちゅうけい》ふうに語《かた》りだす。

「前田未来《まえだみらい》、大宮《おおみや》まりんに負《ま》けてはいません。いや、負《ま》けられないのかもしれません」

「やめてよ、はずかしい。思《おも》わず、声《こえ》が出《で》ちゃったの」

静香《しずか》から顔《かお》をそむけると、胸《むな》もとで三日月《みかづき》のネックレスがゆれた。

そっと、指《ゆび》で、元《もと》の位置《いち》にもどす。

これ、ひかりとの思《おも》い出《で》のもの。

ひかりと2人《ふたり》で植物園《しょくぶつえん》に行《い》ったときとか、あと、修学旅行《しゅうがくりょこう》でも……。

おねがい、ひかりを勝《か》たせて！

すると、ファイターズの選手《せんしゅ》のお母《かあ》さんが、ちらしを配《くば》りながらこっちにやって来《き》た。

「声援《せいえん》ありがとう。来週《らいしゅう》もよろしく。はい」

私《わたし》も静香《しずか》もちらしを受《う》け取《と》り、声《こえ》にだして一番上《いちばんうえ》の大《おお》きな字《じ》を読《よ》む。

「年末《ねんまつ》トーナメント戦《せん》　ライジングカップ」

トーナメントの図《ず》や、ファイターズの試合日程表《しあいにっていひょう》、ブログもはじめますって書《か》いてある。

次《つぎ》の日曜日《にちようび》が、第《だい》1回戦《かいせん》なんだ。

「未来《みらい》、決勝《けっしょう》はクリスマスイブだ。あ！」

静香《しずか》が参加《さんか》チームの一《ひと》つ、コンドルズを指《ゆび》さした。

同《おな》じクラスで、静香《しずか》が想《おも》いをよせる龍斗《りゅうと》がキャプテンをつとめているチームだ。

小学校生活《しょうがっこうせいかつ》さいごのクリスマスイブ。

その日《ひ》が、私《わたし》にとっても、ひかりにとっても、静香《しずか》と龍斗《りゅうと》にとっても、大《おお》きな意味《いみ》を持《も》つことになるなんて、そのときは、まったく想像《そうぞう》もしていなかった。

2章《しょう》　はげましのウソ

自分《じぶん》の部屋《へや》のカーテンをしめようとすると、きれいな三日月《みかづき》が浮《う》かんでいた。

机《つくえ》にむかい、ネックレスをはずし、ゆらゆらと振《ふ》り子《こ》のようにゆらしてみる。

結局《けっきょく》、ファイターズは、３対《たい》１で負《ま》けた。

試合《しあい》が終《お》わったあと、ひかりに話《はな》しかけようかと思《おも》ったけど、できなかった。

さすがの静香《しずか》も「未来《みらい》、今日《きょう》は、やめておいたほうが」って言《い》ったぐらい、ひかりもほかのメンバーも暗《くら》かった。

大宮《おおみや》さんは私《わたし》と静香《しずか》の存在《そんざい》に気《き》づいていたようだけど、「悪《わる》いけど、今日《きょう》は、ニコニコしてあなたたちにあいさつしたりする余裕《よゆう》はないから」って雰囲気《ふんいき》だったし。

ひかりのお父《とう》さんと私《わたし》のお母《かあ》さんの関係《かんけい》はすごく気《き》になる。

お母《かあ》さんが、修学旅行《しゅうがくりょこう》で私《わたし》がいないときに、ひかりからの手紙《てがみ》をぜんぶ読《よ》んでしまったことも。

ひかりからの手紙《てがみ》をしまっている箱《はこ》は、今《いま》は、ひもでしばっている。

お母《かあ》さんも、これを見《み》たら、私《わたし》の怒《いか》りに気《き》づいて二度《にど》と読《よ》まないはず。

けど、そんなことより、一番《いちばん》どうにかしないといけないのは、ひかりの試合《しあい》のあとの元《げん》気《き》のなさかも。

ネックレスをゆらすのをやめた。

引《ひ》きだしをあけ、便箋《びんせん》をひらき、ペンをとる。

ひかりへ

試合《しあい》、おつかれさま！

トーナメント戦《せん》、はじまるんだね。

気持《きも》ち、きりかえて、がんばって。

そうそう、ひかりのお父《とう》さんと、私《わたし》のお母《かあ》さんのことだけど。

ごめん、私《わたし》が話《はなし》を大《おお》きくしすぎちゃったのかも。

きっと、ひかりのお父《とう》さんは、私《わたし》のお母《かあ》さんのマッサージを受《う》けようと思《おも》って、雑誌《ざっし》のページを折《お》っていただけなんじゃない？

ひかりに「なんで折《お》ってるの？」ってきかれて、ごまかしたのははずかしかったからだよ。

じつは、アロママッサージって、大人《おとな》の男《おとこ》のお客《きゃく》さん、少《すく》ないの。

女《おんな》の人《ひと》にマッサージされるのが、照《て》れくさいんだって。

うちのお母《かあ》さんが私《わたし》に、「ひかり君《くん》のお父《とう》さんの名前《なまえ》は？」ってきいてきたのも、学生《がくせい》時代《じだい》に大木《おおき》って名字《みょうじ》の友《とも》だちがいたからみたい。

と、いうわけで、私《わたし》が考《かんが》えすぎただけでした。

余計《よけい》なことは考《かんが》えないで、キャプテンとして、トーナメント戦《せん》、がんばって。

私《わたし》たち6年生《ねんせい》は、あっというまに、中学生《ちゅうがくせい》になっちゃうんだから！

大宮《おおみや》さんにもおこられちゃうよ！

前田未来《まえだみらい》

ペンを置《お》き、読《よ》みかえす。

これでいい。ひかりは一《ひと》つのことしか考《かんが》えられないタイプだから、今《いま》は、サッカーのことに集中《しゅうちゅう》してもらいたい。

できれば、私《わたし》のことも、ちょっとは考《かんが》えてほしいけど。

なんてことも思《おも》いながら、封筒《ふうとう》にいれた。


数日後《すうじつご》。

静香《しずか》がいっしょに社会《しゃかい》の宿題《しゅくだい》をやろうと、家《いえ》にやってきた。

「『将来《しょうらい》、〇〇の割合《わりあい》が高《たか》くなる?』うち、これ、わかる! おじいちゃんおばあちゃん! おじいちゃんおばあちゃんがいっぱいになるんだよ!」

「静香《しずか》、それ、高齢者《こうれいしゃ》って書《か》いといたほうがいいよ。×にはならないけど、△になるかもよ」

「ええ? だって、高齢者《こうれいしゃ》っておじいちゃんおばあちゃんってことでしょ?」

「そうだけど。社会《しゃかい》のドリルだから、社会用語《しゃかいようご》を使《つか》ったほうがいいって」

「めんどくさいな！　こうれいしゃ？　うわあ、漢字《かんじ》がわからんわ！」

静香《しずか》がビスケットをかじりながら、私《わたし》のドリルをのぞきこんだ。

「静香《しずか》、ビスケットの食《た》べかす、ドリルに落《お》ちてるよ。提出《ていしゅつ》したら、若林先生《わかばやしせんせい》、びっくりするよ」

私《わたし》は自分《じぶん》のドリルにおちてきたかすと、静香《しずか》のぶんを両方《りょうほう》はらう。

「大丈夫《だいじょうぶ》だよ、先生《せんせい》、恋愛《れんあい》ボケしてるから」

「ええ〜！」

想定外《そうていがい》の言葉《ことば》におどろきの声《こえ》をあげた。

「修学旅行《しゅうがくりょこう》で、うちらにつきそってくれた看護師《かんごし》のうららさん。2人《ふたり》の目撃情報《もくげきじょうほう》、また出《で》てきたんだよ」

「だって、若林先生《わかばやしせんせい》、修学旅行《しゅうがくりょこう》の写真《しゃしん》をわたしただけって言《い》ってたじゃない？」

静香《しずか》がおでこに手《て》を当《あ》てた。

「あちゃ〜！　未来《みらい》って、本当《ほんとう》に純情《じゅんじょう》っていうか、うぶっていうか。そんなの、口実《こうじつ》だって。先生《せんせい》、うららさんに会《あ》いたかったんだよ。だから、理由《りゆう》つけて、ファミレスに呼《よ》びだしたんだよ。うちのお母《かあ》さんも、若林先生《わかばやしせんせい》にしては上出来《じょうでき》な恋《こい》のステップだって感心《かんしん》してたよ」

シャープペンをにぎったままあっけにとられる。

「静香《しずか》ってお母《かあ》さんと恋愛《れんあい》の話《はなし》とかするんだ？」

「自分《じぶん》のことは話《はな》さないよ。あれ？　未来《みらい》、うちと2人《ふたり》っきりのときは、つけてくれないんだね」

「え？」

静香《しずか》がにやにやしながら、首《くび》のあたりをさした。

「みかづきちゃん」

瞬間《しゅんかん》、かっと熱《あつ》くなった。

「家《いえ》で、宿題《しゅくだい》するときにネックレスなんて、お、おかしいでしょ！」

「ま、それもそうか」

静香《しずか》がビスケットをかじったとき。

トゥルルルル。
リビングの電話《でんわ》が鳴《な》った。
瞬間《しゅんかん》、まさか、と思《おも》う。
ちょうど、ひかりが手紙《てがみ》を読《よ》んだころだ。
まさかだったら、すごくうれしい。けど、静香《しずか》がいるし。
でも、そんな予感《よかん》がした。
「未来《みらい》、電話《でんわ》出《で》なよ」
「あ、うん」
立《た》ち上《あ》がって電話《でんわ》の前《まえ》に立《た》つと、発信者番号《はっしんしゃばんごう》でわかった。
ひかりだ、まちがいない。
ビスケットをかじっている静香《しずか》を横目《よこめ》に、受話器《じゅわき》をとった。

3章《しょう》

君《きみ》が決《き》めたこと

「はい、前田《まえだ》です」

「あ、未来《みらい》、おれ」

ひかり！　と、声《こえ》にだせないので「うん」とだけ言《い》ってみる。

「あ、おれだけじゃ、おれおれ詐欺《さぎ》みたいだな。おれ、大木《おおき》ひかり」

ひかりの大《おお》まじめな言《い》いかたに思《おも》わず、くすっと笑《わら》ってしまう。

「え、なんかへんなこと言《い》った？」

「ううん」

ほかの人《ひと》が言《い》ったら、ぜんぜんおもしろくないと思《おも》う。

でも、ひかりが話《はな》すと、どんなつまらないことでも勝手《かって》に色《いろ》がつきだす。

心《こころ》の中《なか》で花火《はなび》がどんどん打《う》ちあげられていく。

「その後《ご》どう？」

「試合《しあい》のあとは、かなりへこんだけど、未来《みらい》からの手紙《てがみ》で元気《げんき》になったよ」

「よかったあ」

自分《じぶん》の手紙《てがみ》でひかりが元気《げんき》になってくれた。

こんなうれしいことはないと、心《こころ》がきゅっと音《おと》を立《た》てる。

「じつはね、今《いま》」

どうしよう、静香《しずか》が来《き》ているって言《い》ったほうがいいのか、言《い》わないほうがいいのか。

すると、静香《しずか》が立《た》ち上《あ》がって、部屋《へや》を出《で》ようとしていた。

出《で》る直前《ちょくぜん》に口《くち》パクで「トイレ」とにやりと笑《わら》う。

完全《かんぜん》に……ばれてるみたい。

「今《いま》、なんだ？」

「あ、うん、社会《しゃかい》の穴埋《あなう》め問題《もんだい》の宿題《しゅくだい》やっていて、あきちゃったなあって」

静香《しずか》、ありがとう。このまま、継続《けいぞく》して、ひかりと電話《でんわ》続《つづ》けちゃいます！

「まじめにやってるからだよ。適当《てきとう》に書《か》いときゃいいんだよ」

「やだ、ひかり、いつも、そんなふうにやっているの？」

いろんなことが不安《ふあん》だったのに、ひかりから電話《でんわ》がかかってくるだけで、もうすべてがどうでもよくなってしまう。

「あのさ、未来《みらい》、おれ、未来《みらい》の手紙《てがみ》のとおりだと思《おも》うんだよ」

「え？」

「父《とう》さんと、未来《みらい》のお母《かあ》さんのこと。未来《みらい》がおおげさに考《かんが》えたんじゃなくて、おれたち2人《ふたり》でちょっと飛《と》びすぎたんじゃねえかなって」

おれたち2人《ふたり》で、って言葉《ことば》で、さらに大《おお》きな花火《はなび》がうちあがった。

「そうだよ、私《わたし》もそう思《おも》う！　だからさ、トーナメント戦《せん》に、集中《しゅうちゅう》したほうがいいよ」

無理《むり》して言《い》っているところもある。

でも、ひかりとこうやって電話《でんわ》で話《はな》していると、余計《よけい》なことがどうでもよくなっちゃったりもするんだよ。

「そうする。じつはまりんにすげえおこられてさ」

大宮《おおみや》さんの名前《なまえ》が出《で》てきて、ちょっとだけ、心《こころ》がゆれた。

大宮《おおみや》さんは、さっぱりしていて、やさしくて、チームのために一生懸命《いっしょうけんめい》な女《おんな》の子《こ》。

だからこそ、やっぱり、ほんのちょっと気《き》になってしまう。

ほんのちょっとだけどね！

「この間《あいだ》の試合《しあい》、トーナメント戦《せん》にむけて、みんなに自信持《じしんも》たせようと、まりんが勝《か》てるチームを選《えら》んだんだ。それが、キャプテンのおれが集中力《しゅうちゅうりょく》が足《た》りなくて、出《で》だしにリズムくずして負《ま》けるって、最悪《さいあく》だよな」

ひかり、やっぱり、おじさんのこと気《き》にしていたんだ。

「しかもさ」

ひかりが急《きゅう》に言《い》いよどむ。

「しかも？」

「キャプテン、女《おんな》の子《こ》の友《とも》だちなんか連《つ》れてきて、ちゃらちゃらしてるからですよって、4、5年生《ねんせい》に言《い》われちゃってさ」

え……。なにそれ。

「だからさ、優勝《ゆうしょう》するまでは……なんつうかその、おれ、未来《みらい》とは会《あ》わない」

瞬間《しゅんかん》、心《こころ》がかたまった。

まったく想像《そうぞう》もしていない、ひかりからの言葉《ことば》だった。

「言《い》っておくけどまえとはちがう。ほら、おばさんと会《あ》っちゃったあと、はずかしいから、もう、手紙《てがみ》は書《か》けないって言《い》ったことあっただろ。あれとはぜんぜんちがう。あの時《とき》はなにも考《かんが》えないで言《い》っちゃったんだけど、これは、たくさん、たくさん、考《かんが》えて決《き》めたんだ」

たくさん考《かんが》えてって、そっちのほうが……。

「ま、まあ、会《あ》わないって、おれたち、学校《がっこう》ちがうし、しょっちゅう会《あ》えるわけじゃないんだけど」

そうだよ、しょっちゅう会《あ》えないんだよ。

だからこそ、「未来《みらい》とは会《あ》わない」って言葉《ことば》が心《こころ》に深《ふか》くささるんだよ！

「それって、私《わたし》から手紙《てがみ》も電話《でんわ》もだめってこと」

ひかりは一瞬《いっしゅん》だけ、なやんだけど、すぐにこう答《こた》えた。

「う、うん。未来《みらい》から、電話《でんわ》も手紙《てがみ》もだめで、応援《おうえん》も来《こ》ないでほしいってことだ」

目《め》の前《まえ》がまっくらになり、背中《せなか》からたおれそうになった。

それって、完全拒否《かんぜんきょひ》ってことじゃない。

すると、ひかりがすごいテンションで言《い》ってきた。

「優勝《ゆうしょう》したら、連絡《れんらく》するから！」

ひかりは、また、くりかえす。

「絶対《ぜったい》に優勝《ゆうしょう》するから！　報告《ほうこく》するから！」

優勝《ゆうしょう》したらって、そんなにかんたんにできることなの？

思《おも》わず、「じゃあ、優勝《ゆうしょう》できなかったらどうなるの？」ってききそうになる。

でも、絶対《ぜったい》に優勝《ゆうしょう》すると言《い》っているひかりにそんなことはきけない。

ひかりの優勝《ゆうしょう》を決《き》めこんでいる姿勢《しせい》は、すごくひかりらしくて応援《おうえん》したい。

だけど……。

「未来聞《みらいき》いてるか？」

「聞《き》いてるよ。わかった。ひかり、優勝《ゆうしょう》して。そして、報告《ほうこく》して」

ウソではない。でも、本音《ほんね》でもない言葉《ことば》が勝手《かって》に口《くち》からこぼれていく。

「未来《みらい》、ありがとう」

ひかりは私《わたし》の答《こた》えに感動《かんどう》しているようだった。

そんなふうに受《う》け取《と》られちゃったら、もうどうかえしていいのかわからないよ。

するとひかりの声《こえ》が急《きゅう》に小《ちい》さくなる。

「未来《みらい》、おれ、優勝《ゆうしょう》したらさ……」

優勝《ゆうしょう》したら、なによ？

チームでパーティーでもするの？

たしか、監督《かんとく》がサンドイッチとクレープのお店《みせ》をやっていて、お祝《いわ》いはいつも、そこで、やるんだよね。

そういうことだけ、どんどん知《し》っていくのに、ひかりのテリトリーにははいっていけない自分《じぶん》がじれったい。

ひかりが、また、小《ちい》さな声《こえ》でくりかえす。

「おれ、優勝《ゆうしょう》したらさ……」

まるで、自分《じぶん》に暗示《あんじ》をかけているみたい。

小学校生活《しょうがっこうせいかつ》のさいごに、なにがなんでも、絶対《ぜったい》に優勝《ゆうしょう》したいんだね。

「ひかり、大丈夫《だいじょうぶ》。ファイターズは優勝《ゆうしょう》する。私《わたし》が保証《ほしょう》する」

「未来《みらい》……」

いいかげんな気休《きやす》めじゃない。

ひかりの暗示《あんじ》を聞《き》いていると、本当《ほんとう》に優勝《ゆうしょう》しちゃうんじゃないかって思《おも》えてくるよ。

すると、ひかりの声《こえ》がいっきに明《あか》るくなりだした。

「おれさ、口《くち》では、チームメイトに優勝《ゆうしょう》だって言《い》ってるけど、じつはあんまり自信《じしん》なくてさ。無理《むり》に自分《じぶん》とチームを盛《も》りあげているところがあってさ。でも、今《いま》、未来《みらい》に言《い》われたら、本当《ほんとう》に優勝《ゆうしょう》できるような気《き》がしてきた！」

ひかり、本当《ほんとう》は自信《じしん》なかったんだ。

今《いま》、私《わたし》の言葉《ことば》で自信《じしん》を持《も》ってくれたんだ。

それはうれしい。けど……。

「優勝《ゆうしょう》したら、真《ま》っ先《さき》に、未来《みらい》に連絡《れんらく》する。じゃあ、マジで優勝《ゆうしょう》するから！」

「うん、じゃあね」

「じゃあ！」

受話器《じゅわき》を置《お》いた。

優勝《ゆうしょう》したら、真《ま》っ先《さき》に、連絡《れんらく》は……こない。

ひょっとしたら、ずっと、永遠《えいえん》にこないかも。

私《わたし》が応援《おうえん》に行《い》って、負《ま》けて、後輩《こうはい》にいろいろ言《い》われて、私《わたし》のこといやになったんだ。

遠回《とおまわ》しの言《い》いかたしているけど、そういうことだ。


「み・ら・い」

ドアのすきまから静香《しずか》が心配《しんぱい》そうにのぞいていた。

「ごめん、トイレからもどりにくくなっちゃった？」

すると、静香《しずか》が両手《りょうて》をワイパーのようにおおげさにふる。

「未来《みらい》の声《こえ》もひかりの声《こえ》も、ぜんぜん聞《き》こえなかったから。特《とく》に、『手紙《てがみ》も電話《でんわ》もだめ』あたりとか。う！　しまった！」

静香《しずか》が自分《じぶん》の口《くち》をあわてて、手《て》でふさいだ。

「よかったかも、聞《き》いてくれて」

「え？」

「1人《ひとり》でかかえるのはきついもん！」

私《わたし》は、静香《しずか》に抱《だ》きつき、混乱《こんらん》しながらがんばって説明《せつめい》する。

静香《しずか》は、「ひかりは下級生《かきゅうせい》に言《い》われて立場《たちば》なくなっちゃったんだよ」「負《ま》けても連絡《れんらく》はくるよ」ってなぐさめてくれた。

私《わたし》もそう思《おも》いたい。

思《おも》いたくてたまらない！

4章《しょう》　デビューのあと

日曜日《にちようび》の夕方《ゆうがた》。

お母《かあ》さんの部屋《へや》の机《つくえ》の前《まえ》にそっと座《すわ》る。

息《いき》をつめるように、ノートパソコンをあけ、少年《しょうねん》サッカー、ファイターズ、と検索《けんさく》していくとブログが出《で》てきた。

《ファイターズ、1回戦勝《かいせんか》ちました～》

ふう～！　やっと息《いき》ができた。

肩《かた》の力《ちから》がぬける。

ひかりのチームのブログにたどりつき、この1行《ぎょう》が今日《きょう》の記事《きじ》タイトルになっていた毎週土日《まいしゅうどにち》に、この緊張《きんちょう》が続《つづ》くと想像《そうぞう》すると、気《き》が遠《とお》くなってくるよ。
くわしく読《よ》んでいくと、

《くもり空《ぞら》で雨《あめ》が降《ふ》るんじゃないかとひやひやするなか、ファイターズは、キャプテンの大木君《おおきくん》、西野君《にしのくん》がそれぞれシュートを決《き》め、そのまま守《まも》りに守《まも》って、2対《たい》0で勝《か》ちました。監督《かんとく》も、美人《びじん》マネージャーM《エム》ちゃんも大喜《おおよろこ》びです。2回戦《かいせん》は次《つぎ》の土曜日《どようび》です。》

と、書《か》かれてあった。
ひかり、シュート決《き》めたんだ！　あと、ひかりが仲《なか》よくしている丸坊主《まるぼうず》の子《こ》も！
やった、よかった！
スクロールバーをさげていくと、画像《がぞう》もあった。
引《ひ》きでとっているから、小《ちい》さいけど、この走《はし》っている子《こ》がひかりだ！
ネット上《じょう》だけど、画像《がぞう》だけど、ちょっとだけ、ひかりに会《あ》えているような気持《きも》ちになれてうれしい。
けど、こんな小《ちい》さなひかりを見《み》て喜《よろこ》んでいる自分《じぶん》が悲《かな》しくもなってくる。
「おめでとう、2回戦《かいせん》、がんばって」
画面《がめん》の中《なか》のひかりにむかってつぶやいた。
すると、机《つくえ》の上《うえ》に飾《かざ》られている、写真立《しゃしんた》ての中《なか》のお父《とう》さんに笑《わら》われた気《き》がした。
みないでよ、お父《とう》さん！　あっち、むいて！
スクロールバーをさらにさげると、2回戦《かいせん》の試合会場《しあいかいじょう》へのアクセスが出《で》てきた。
大《おお》きな字《じ》で、「みんなで、ファイターズの応援《おうえん》に行《い》こう」とも。
思《おも》わず、応援《おうえん》しに行《い》きたいけどキャプテンに嫌《きら》われちゃった場合《ばあい》はどうするんですか？
と、すねたことを言《い》ってみたくなった。
そうだ、もう一《ひと》つ検索《けんさく》しないと。
「クライシスなお嬢様《じょうさま》」と、打《う》ちこんでいくと、あった！
これは、なんと、静香《しずか》が主人公《しゅじんこう》のショートムービー。
ひかりのクラスメイトに、二谷官九郎君《にたにかんくろうくん》って子《こ》がいるんだけど、その子《こ》が脚本《きゃくほん》のコンクールで優勝《ゆうしょう》して、プロの手《て》で映像化《えいぞうか》されたの。

二谷君《にたにくん》は、静香《しずか》を主役《しゅやく》に推薦《すいせん》してしまい、静香《しずか》は、ものすごく静香《しずか》らしい理由《りゆう》で、出演《しゅつえん》を決《き》めた。

うわ、今日《きょう》からの配信《はいしん》なのに、アクセスが、もう、千単位《せんたんい》になっている。

これって、ふつうなのかな？

それとも……！

ガチャリと、ドアがあいた。

「未来《みらい》、ここにいたの？」

「あ、お母《かあ》さん、帰《かえ》ってきたんだ、ぜんぜん、気《き》がつかなかった」

コートを着《き》たままのお母《かあ》さんが、こっちにやってきて、パソコンをのぞく。

「どこかで、聞《き》いたことある声《こえ》だと思《おも》ったら、これ、静香《しずか》ちゃんが出《で》た映画《えいが》？」

「う、うん」

今《いま》で、よかった。

もし、数分前《すうふんまえ》だったら……！

お母《かあ》さんはひかりの画像《がぞう》を見《み》ている私《わたし》をどう思《おも》ったんだろう……？

「やだ、かわいい！　静《しず》香《か》ちゃんなのに、静《しず》香《か》ちゃんじゃないみたい。あ、でも、やっぱり、静《しず》香《か》ちゃんよね」

お母《かあ》さんは、興奮《こうふん》しながら、静《しず》香《か》の映画《えいが》を「お気《き》にいり」に保存《ほぞん》した。

「ねえ。ここに座《すわ》ってると、お父《とう》さんと目《め》があうよね」

私《わたし》は笑《わら》いながらお父《とう》さんの写真《しゃしん》立《た》てを指《ゆび》さした。

お母《かあ》さんは、私《わたし》の頭《あたま》を人《ひと》差《さ》し指《ゆび》でつつき、コートをハンガーにかける。

お母《かあ》さん、今《いま》でも、お父《とう》さんのこと大好《だいす》きなんだろうな。

でも、もう、写真《しゃしん》でしか会《あ》えない。

私《わたし》は、私《わたし》の大好《だいす》きな人《ひと》とまた会《あ》えるのかな？

ひかりが優勝《ゆうしょう》しようと負《ま》けようと、また会《あ》いたい。

絶対《ぜったい》に会《あ》いたい。

でも、もし、嫌《きら》われたのなら、どうにもならない。

ノートパソコンをパタンと閉《と》じた。

翌週《よくしゅう》は、学校中《がっこうじゅう》が静香《しずか》の話題《わだい》で持《も》ちきりだった。

「静香《しずか》、ちょうかわいかった～」

「お芝居《しばい》、練習《れんしゅう》してたの？」

「なんで、あいつ、いきなりデビューしてんだよ」

教室《きょうしつ》だけでなく、休《やす》み時間《じかん》に2人《ふたり》で廊下《ろうか》を歩《ある》いていても、あちこちから「みたよ」「すごい」っていろんな声《こえ》が飛《と》んでくる。

静香《しずか》は照《て》れくさそうに困《こま》りながらも、少《すこ》しずつ対応《たいおう》に慣《な》れだしていた。

月曜日《げつようび》は、下《した》をむいて頭《あたま》をかいているだけだったけど、今日《きょう》、水曜日《すいようび》には「ありがとう」ってさらりと笑顔《えがお》で口《くち》にできるようになっていた。

すごい適応力《てきおうりょく》！

となりにいるこっちは、ぜんぜんこの状況《じょうきょう》に慣《な》れないのに！

けど、そんなことより、私《わたし》が一番気《いちばんき》にしちゃうのは、龍斗《りゅうと》だ。

だって、静香《しずか》は龍斗《りゅうと》にふりむいてもらいたくて、出演《しゅつえん》したんだもん。

龍斗《りゅうと》、試写会《ししゃかい》の時《とき》は反応《はんのう》うすかったけど、静香《しずか》が学校《がっこう》で大《おお》さわぎされていること、どう思《おも》っているんだろう。

授業中《じゅぎょうちゅう》、涼《すず》しい顔《かお》でノートをとる龍斗《りゅうと》を観察《かんさつ》する。

龍斗《りゅうと》には、「静香《しずか》、みんなにさわがれているな。そのうちおれなんか相手《あいて》にされなくなるかも」とか「おれだけが静香《しずか》の魅力《みりょく》をわかっていなかった」みたいな、あせりはないの？

すると、龍斗《りゅうと》が私《わたし》の視線《しせん》に気《き》づいたみたいで、こっちをぱっと見《み》た。

思《おも》わず、教科書《きょうかしょ》で顔《かお》をかくす。

バカ、これじゃ、私《わたし》が龍斗《りゅうと》のことを好《す》きみたいじゃない！

そして、その日《ひ》の帰《かえ》り道《みち》。

なにげなく静香《しずか》にきいてみた。

もしかしたら、龍斗《りゅうと》からもう、なにか言《い》われているかもしれない。

「ねえ。反応《はんのう》、どう？」

「じつは昨日《きのう》」

静香《しずか》の横顔《よこがお》が、急《きゅう》に真剣《しんけん》になった。

展開《てんかい》があったってことだ。

息《いき》をのみながら、次《つぎ》の静香《しずか》の言葉《ことば》を待《ま》つ。

「来《き》ちゃったよ」

さらりと口《くち》にしながらも静香《しずか》の顔《かお》は深刻《しんこく》だった。

私《わたし》はランドセルのベルトをぎゅっとにぎりしめる。

それって、龍斗《りゅうと》からなにか言《い》われたってことだよね。

「ど、どんな感《かん》じでなにが来《き》ちゃったの？」

自分《じぶん》のことのようにドキドキしながら、きいてみる。

「今時《いまどき》めずらしく、きっちり三《み》つ編《あ》みしたまじめそうな女《おんな》の人《ひと》」

「は？」

「芸能事務所《げいのうじむしょ》のマネージャーだよ。うちをスカウトしたいって来《き》たんだよ」

「来《き》たって、それ？　え、あ、でも。すごい、本格的《ほんかくてき》に芸能人《げいのうじん》じゃない！」

「その事務所《じむしょ》、二谷《にたに》も文化人枠《ぶんかじんわく》ではいるらしくて」

「ぶ、ぶんかじんわく？」

「脚本家《きゃくほんか》とかテレビに出演《しゅつえん》しているお医者《いしゃ》さんとか弁護士《べんごし》は、芸能事務所《げいのうじむしょ》の文化人枠《ぶんかじんわく》ってところに所属《しょぞく》しているんだって」

静香《しずか》にいきなり専門的《せんもんてき》なことをしゃべられ、とまどってしまう。

静香《しずか》、本当《ほんとう》に芸能人《げいのうじん》っていうか遠《とお》い人《ひと》みたい。

「未来《みらい》。今夜《こんや》、宅配《たくはい》ピザなんだけど、食《た》べに来《こ》ない？」

「事務所《じむしょ》にはいるお祝《いわ》い？　私《わたし》も行《い》っていいの？」

「ちがう！　うちは事務所《じむしょ》にはいりたいんだけど、お父《とう》さんとお母《かあ》さんが大反対《だいはんたい》しているの。だから、進路会議《しんろかいぎ》の戦《たたか》いのピザなの！」

私《わたし》はあっけにとられて、電信柱《でんしんばしら》みたいにつったってしまった。

5章《しょう》

両親《りょうしん》に言《い》えない本当《ほんとう》の理由《りゆう》

その日《ひ》の夕方《ゆうがた》。

静香《しずか》の家《いえ》に行《い》こうと、くつをはき、玄関《げんかん》を出《で》ると、ポストが目《め》にはいってしまった。

もしや……いや、そんなことはない。

けど、ひかりから、「未来《みらい》、1回戦勝《かいせんか》った！　2回戦《かいせん》は応援《おうえん》に来《き》てくれ」って報告《ほうこく》の手《て》紙《がみ》がはいっているかもしれない。

小《ちい》さな期待《きたい》を胸《むね》にポストの中《なか》をのぞいたけど、がっくりした。

はいっていたのは水道局《すいどうきょく》からのお知《し》らせだけだったから。

だめだ。

ひかり、私《わたし》のことなんか忘《わす》れて、頭《あたま》の中《なか》はサッカーだけ。

いや、サッカーだけとかじゃなく、もっとかんたんに言《い》っちゃうと嫌《きら》われた……。

一瞬《いっしゅん》、心《こころ》の中《なか》がまっくらになったけど、頭《あたま》をふって気持《きも》ちをきりかえる。

これから、静香《しずか》の大切《たいせつ》な会議《かいぎ》があるんだから、めそめそしない。

歩《ある》きだすと、むこうから、ハッハッと、リズミカルな呼吸《こきゅう》でジャージ姿《すがた》の男《おとこ》の子《こ》が走《はし》ってきた。

男《おとこ》の子《こ》は私《わたし》に気《き》づくと、ペースを落《お》とし、にっこり笑《わら》って、足踏《あしぶ》みしだす。

「龍斗《りゅうと》、マラソンしているの？」

「マラソンっていうよりは走《はし》りこみだな。小学校生活《しょうがっこうせいかつ》さいごのトーナメント戦《せん》だからな」

そうだ、龍斗《りゅうと》も参加《さんか》しているんだ！

「いちおう、1回戦《かいせん》は勝《か》ったんだぜ」

「すごい、おめでとう」

すると龍斗《りゅうと》が困《こま》ったように笑《わら》った。

「なに？」

「いや、同《おな》じクラスなのに、コンドルズにはぜんぜん興味《きょうみ》持《も》ってくれていないんだなって」

「え、あ……」

しまった。

ひかりのチーム、ファイターズの結果《けっか》しか、気《き》にしていなかった。

「ま、仕方《しかた》ないか。ファイターズが1回戦勝《かいせんか》ったのは知《し》ってるんだろ？」

「う、うん。ブログで知《し》った」

「ブログって。大木《おおき》からじゃないの？」

「だって、学校《がっこう》ちがうし」

思《おも》わず「片想《かたおも》いだし」「完全拒否《かんぜんきょひ》されてるし」「嫌《きら》われちゃったみたいだし」と、ひねくれた言葉《ことば》が立《た》て続《つづ》けに出《で》そうになる。

けど、ぐっとこらえた。

「優勝《ゆうしょう》するまで、連絡《れんらく》はなし……なんだって」

「なしってなんで？」

龍斗《りゅうと》が不思議《ふしぎ》そうな顔《かお》をする。

私《わたし》がひかりにききたいよ。

でも、こわくてきけない。

すると、考《かんが》えこんでいた龍斗《りゅうと》の顔《かお》つきがぱっとかわった。

「それって、大木《おおき》が優勝《ゆうしょう》したら、未来《みらい》に連絡《れんらく》するってこと？」

「なのかな？」

龍斗《りゅうと》、お願《ねが》い。もう、この話《はなし》はやめて。

どんどん、いじけたいやな気持《きも》ちになってくるよ。

ふと、龍斗《りゅうと》をみると、なんだかむずかしい顔《かお》をして、考《かんが》えこんでいた。

「どうしたの？」

「いや、その……」

「ね、ねえ！　静香《しずか》、すごいね、学校中《がっこうじゅう》でさわがれてるね」

今《いま》がチャンスとばかりに、私《わたし》は静香《しずか》の話《はなし》をはじめだす。

「ああ。すごいな」

龍斗《りゅうと》が首《くび》に巻《ま》いたタオルで汗《あせ》をふいた。

あ、芸能事務所《げいのうじむしょ》はいるかもってこと、話《はな》してみる？

でも、まだ、はっきりしていないし、それは静香《しずか》から話《はな》すことだよね。

「なんだよ、なにか言《い》いたそうだな」

「ううん。あ、今《いま》から、静香《しずか》の家《いえ》に行《い》くの。夕飯《ゆうはん》のピザ、ごちそうになるの」

「おれ、静香《しずか》がうらやましいときがあるよ」

「え？」

「いつも、未来《みらい》といっしょでさ」

冬《ふゆ》のはじまりの冷《つめ》たい風《かぜ》が、ふっと私《わたし》たちのほほをかすった。

「冗談《じょうだん》だよ。未来《みらい》、ふつうはここで笑《わら》うんだよ」

「そ、そっか。ごめん、私《わたし》、頭固《あたまかた》くて。あ、止《と》まらせちゃったね。体《からだ》、冷《ひ》えちゃうんじゃない？」

「未来《みらい》。おれと大木《おおき》、勝《か》ち進《すす》めば決勝《けっしょう》であたるよ」

どうでもいい話《はなし》のように龍斗《りゅうと》は言《い》った。

けど、こわいぐらいに目《め》だけが真剣《しんけん》だった。

龍斗《りゅうと》は、ふたたび走《はし》りだすと、あっというまに遠《とお》ざかっていった。

「ふーふーあちち！　未来《みらい》、コーンのやつは熱《あつ》いうちに食《た》べたほうがいい。ベーコンのは、ちょっと冷《さ》めてもいけるけど、コーンはあつあつがいいんだよ。ふ、ふー」

「じゃあ、私《わたし》もいただきます」

目《め》の前《まえ》にならんでいる、おじさんおばさんに軽《かる》く会釈《えしゃく》して、私《わたし》もコーンのピザを口《くち》にいれた。

あっつい。けど、おいしい。

「と、いうことで、うちは、芸能事務所《げいのうじむしょ》ってところにはいりますから。うー！　チーズがのびるー」

おじさんとおばさんはきょとんとしていた。

けど、おじさんが、これではいけないと、首《くび》をふり、こう言《い》ってきた。

「静香《しずか》。今日《きょう》は未来《みらい》ちゃんが来《き》てくれたから、みんなで楽《たの》しくピザを食《た》べる日《ひ》にしよう。芸能事務所《げいのうじむしょ》の話《はなし》は、また、別《べつ》の時《とき》だ」

「そうよ、静香《しずか》。楽《たの》しい話《はなし》と、まじめな話《はなし》は別《べつ》にしなきゃだめよ。未来《みらい》ちゃんは、今日《きょう》は来《き》てくれてありがとね」

おばさんは、私《わたし》と静香《しずか》にサラダを取《と》りわけてくれた。

趣味《しゅみ》でバンドのボーカルをやったりしているから、静香《しずか》のお母《かあ》さんはおしゃれだ。今日《きょう》もターバンと真《ま》っ赤《か》なグロスとマニキュアをしていて、かっこいい。

静香《しずか》がおしゃれ上手《じょうず》なのも、おばさんの影響《えいきょう》だと思《おも》う。

コーンのピザを食《た》べ終《お》えると静香《しずか》が言《い》った。

「それは、ちがう。未来《みらい》がいるからこそ、うちの将来《しょうらい》の話《はなし》をする。うちの人生《じんせい》にはつねに未来《みらい》がいるの！」

はっきりと言《い》い終《お》えると、静香《しずか》はサラダのお皿《さら》を手《て》まえにひきよせた。

「あのな、おまえが未来《みらい》ちゃんを慕《した》っているのはわかる。静香《しずか》が持《も》っていないものを未来《みらい》ちゃんはいっぱい持《も》っているし、あこがれる気持《きも》ちもあるんだろう。けどな、将来《しょうらい》を決《き》める席《せき》に親友《しんゆう》を呼《よ》ぶってのはどうかな？」

すると、静香《しずか》はムシャムシャとうさぎのように、かわいい前歯《まえば》で、わざと大《おお》きな音《おと》を立《た》てながら食《た》べだした。

それは、静香《しずか》なりの訴《うった》えというか、主張《しゅちょう》だった。

静香《しずか》の言《い》いたいことはわかっている。

うちが芸能界《げいのうかい》でがんばりたい本当《ほんとう》の理由《りゆう》を、お父《とう》さんもお母《かあ》さんも知《し》らないでしょ？

でも、未来《みらい》だけはわかっているんだよ。

だから、うちは未来《みらい》を呼《よ》んだし、未来《みらい》はここにいる権利《けんり》があるんだよ。

けど、そう、口《くち》にすることはできない。

だから、静香《しずか》は、上目遣《うわめづか》いでおじさんとおばさんを見《み》て、音《おと》を立《た》ててサラダを食《た》べるしかない。

「おじさんおばさん、私《わたし》も、ちょっと責任感《せきにんかん》じてるんです」

「ええ？」

おじさんとおばさんが目《め》をまるくする。

「だって、静香《しずか》がショートムービーに出演《しゅつえん》するの、なかなかチャンスのないことだからって、かなり強《つよ》くすすめちゃったし」

「未来《みらい》ちゃんの言《い》ってることは正《ただ》しいよ。ああいうチャンスはめったにない。だから、思《おも》い出作《でづく》りとしてはすばらしい。けど、契約《けいやく》するってことは、本格的《ほんかくてき》になってくる。もう、仕事《しごと》だ。仕事《しごと》ってなると、お金《かね》が絡《から》んできて、なんていうか、こう、ややこしいというか、なにを要求《ようきゅう》されるかわからないっていうか」

「お父《とう》さん、なに言《い》ってるかわかんないよ」

「つまり、お父《とう》さんは、心配《しんぱい》なんだよ！」

「なにが心配《しんぱい》なの？」

「だから、うーん、だから」

おじさんが頭《あたま》をかいたりうでをくんだりしていると、おばさんがかわった。

「静香《しずか》、どうしても芸能界《げいのうかい》を目指《めざ》したいなら、もう少《すこ》し、大人《おとな》になって、いろんなこと知《し》ってからにしたら？　今《いま》やると、大人《おとな》に、いいように使《つか》われちゃう可能性《かのうせい》があるわ。お父《とう》さんはそれが心配《しんぱい》なんでしょ。お母《かあ》さんも同《おな》じかな」

おばさんがそう言《い》うと、となりのおじさんも「それだ！　そういうことだ！」と缶《かん》ビールを飲《の》んだ。

静香《しずか》はすぐに反論《はんろん》する。

「大人《おとな》にいいようにって、ショートムービーの撮影《さつえい》は、楽《たの》しかったよ。いいようにされなかったよ」

「あの監督《かんとく》は、見《み》かけはこわいけどいい人《ひと》なんだよ。お父《とう》さん、それがわかったから、止《と》めなかったんだ」

「昨日《きのう》来たマネージャーって人《ひと》だって、まじめそうだったじゃん！」

すると、おばさんが静香《しずか》をねじふせるように、いっきにしゃべる。

「相手《あいて》の問題《もんだい》だけじゃないの！　静香《しずか》はふつうの子《こ》より子供《こども》っぽいの！　お母《かあ》さん忘《わす》れてないわよ。映画《えいが》の撮影《さつえい》から帰《かえ》ってきて、いきなりそこに座《すわ》って、『あいつめえ、くそいばりやがって。うちはあいつのおもちゃじゃない』ってかんしゃく起《お》こしていたこと。そんな子《こ》が、プロの世界《せかい》で大人《おとな》とやりあえるとは思《おも》えない！」

「や、やめて〜、未来《みらい》の前《まえ》で言《い》わないで〜」

静香《しずか》が両手《りょうて》をのばし、届《とど》くはずのないお母《かあ》さんの口《くち》を手《て》でおさえようとした。

弱《よわ》った……。

おじさんもおばさんも本気《ほんき》で反対《はんたい》している。

2人《ふたり》とも、ふだんは、ふつうの大人《おとな》より、ずっとくだけているのに！

「あの、おばさんって、バンドやったりしているけど、スカウトとかないんですか？」

「やだあ、未来《みらい》ちゃんたら。あるわけないじゃな〜い」

おばさんが体《からだ》をくねらせ、機嫌《きげん》がよくなった。

いい感《かん》じかも！

けど、すぐに、おじさんが「こほん」と咳《せき》ばらいをした。

おばさんが、しまったとばかりに背《せ》すじをのばす。

「私《わたし》もバンド仲間《なかま》も、あくまで趣味《しゅみ》だから。大人《おとな》のサークル、クラブ活動《かつどう》よ」

「じゃあ、静香《しずか》もクラブ活動《かつどう》のりでいいじゃないですか？」

静香《しずか》も、うんうんと希望《きぼう》に満《み》ちた目《め》で首《くび》をたてにふった。

ところが……。

「絶対《ぜったい》にダメ！」

おばさんがばしっと言《い》った。

「厳《きび》しい世界《せかい》なんだから、やるなら、本気《ほんき》でやりなさい。ただし、もう少《すこ》し大人《おとな》になってから。お母《かあ》さんもお父《とう》さんも、昨日《きのう》来《き》た、芸能事務所《げいのうじむしょ》のマネージャーも、つねに静香《しずか》のそばにいられるわけじゃない。自分《じぶん》で自分《じぶん》の身《み》を守《まも》り、大人《おとな》と対等《たいとう》に渡《わた》り合《あ》える判断《はんだん》ができるようになってからやりなさい！」

おばさんの迫力《はくりょく》はすごかった。

私《わたし》も静香《しずか》もこれ以上《いじょう》、言葉《ことば》が見《み》つからない。

おじさんもおばさんに同調《どうちょう》している。

結局《けっきょく》、それからは、ピザを食《た》べるだけの会《かい》になってしまった。

6章《しょう》

北極星《ほっきょくせい》を見《み》あげながら

ピザを食《た》べ終《お》えると、静香《しずか》に途中《とちゅう》まで送《おく》ってもらうことになった。

けど、静香《しずか》、思《おも》いきり、しょんぼりしている。

「ごめん、静香《しずか》。私《わたし》、役《やく》に立《た》たなかったね。でもさ、もう少《すこ》し大人《おとな》になったら許《ゆる》してもらえそうじゃない？」

「そんなのんきなこと言《い》ってられないよ。中学《ちゅうがく》にはいったら龍斗《りゅうと》は、先輩《せんぱい》からも同級生《どうきゅうせい》からもモテモテになるよ。そのまえにうちをみてほしいんだよ」

静香《しずか》が唇《くちびる》をとがらせ、夜空《よぞら》を見《み》あげた。

人差《ひとさ》し指《ゆび》で星《ほし》を数《かぞ》えはじめる。

「一、二、三、四、五《いつ》つしか見《み》えないね」

静香《しずか》がまえに言《い》っていたことがある。

旅行《りょこう》で行《い》ったハワイの夜空《よぞら》と、この町《まち》からみえるのとは、星《ほし》の数《かず》がぜんぜんちがうって。

静香《しずか》にとっては、龍斗《りゅうと》がハワイの夜空《よぞら》で、それ以外《いがい》の男子《だんし》がこの星五《ほしいつ》つしかないしょぼい夜空《よぞら》だって。

「あれ、北極星《ほっきょくせい》じゃない？」

都会《とかい》の空《そら》で輝《かがや》く、数少《かずすく》ない星《ほし》のうちの一《ひと》つを指《ゆび》さす。

「ああ、あれが理科《りか》でならった、じっとしている動《うご》かない星《ほし》か。じっとしていてもねえ。

……うち、こうなったら、龍斗《りゅうと》に告白《こくはく》する」

静香《しずか》が北極星《ほっきょくせい》を見《み》あげながらとつぜん、言《い》いだした。

いきなりすぎて、反応《はんのう》できない。

「こうなったら、イチかバチかの勝負《しょうぶ》に出《で》る！　龍斗《りゅうと》にうちを見《み》てもらうのが無理《むり》なら、体当《たいあ》たりするしかない！」

あぜんとした。静香《しずか》にはこういうところがある。

ええ、いきなりその発想《はっそう》？　その決断《けつだん》？　っていうところが。

「いつ、どうやって、するの？」

「え……」

静香《しずか》がかたまった。

「いや、あの、その、あれれ？」

右《みぎ》をむいたり、左《ひだり》をみたり。

どうやら、まだあまり細《こま》かいことは考《かんが》えていないみたい。

「ゆっくり、考《かんが》えれば」

いいよ……と言《い》いかけたんだけど。

「決勝《けっしょう》！　クリスマスイブ！」

体《からだ》がびくんと音《おと》を立《た》てた。

「龍斗《りゅうと》、１回戦《かいせん》勝《か》ったんだって。教室《きょうしつ》で夏川《なつかわ》さんたちがさわいでた。うち、応援《おうえん》に行《い》くことも考《かんが》えていたんだけど、そっちより、こっちだ」

なにがそっちで、なにがこっちなのか、私《わたし》にはよくわからないまま、静香《しずか》がしゃべり続《つづ》ける。

「ひかりは優勝《ゆうしょう》したら未来《みらい》に連絡《れんらく》する！　だったら、うちは、龍斗《りゅうと》が決勝《けっしょう》に行《い》ったら、告《こく》白《はく》するよ。だって、決勝《けっしょう》の日《ひ》はクリスマスイブだもん、決《き》まり！

決《き》まり！　って言《い》われても、そんなにかんたんに決《き》めちゃっていいの？

あ、でも、告白《こくはく》のやりかたに良《い》いも悪《わる》いもないよね。

できるかどうか、相手《あいて》がどう受《う》け止《と》めるかってだけで。

私《わたし》は結局《けっきょく》、ひかりへの告白《こくはく》に失敗《しっぱい》したままだけど、一《ひと》つだけ、はっきりと、わかっていることがある。

「好《す》き」と口《くち》にするには、いきおいとパワーがいる。

静香《しずか》が言《い》ったとおり「クリスマスイブ」とか「決勝《けっしょう》」とか、そういう無理《むり》やりな動機《どうき》づけがないとむずかしい。

「龍斗《りゅうと》は、うちの気持《きも》ちにうすうす気《き》づいているかもしれない。だったら、もう、気持《きも》ちをぶつけていいんだよ。クリスマスイブが来《き》たら、あっというまに卒業《そつぎょう》だし。よし、うちは勝負《しょうぶ》に出《で》る！」

冬《ふゆ》のはじまりの冷《つめ》たい空気《くうき》。

それが吹《ふ》き飛《と》んでしまうぐらい、静香《しずか》は熱《あつ》かった。

うらやましいぐらいに。

「龍斗《りゅうと》、決勝《けっしょう》に行《い》けるといいね」

ひかりが決勝《けっしょう》まで行《い》けたとしても、私《わたし》は応援《おうえん》には行《い》けない。

静香《しずか》が熱《あつ》くなっているのに、夜《よる》のせいか急《きゅう》にさびしくなっちゃった。

ところが……。

「未来《みらい》も、いっしょに来《き》て」

「ええ？」

「この間《あいだ》、未来《みらい》、うちに抱《だ》きついてきたじゃん。もし、うちが龍斗《りゅうと》にふられたら、その場《ば》でうちを抱《だ》きしめてなぐさめて」

静香《しずか》の目《め》には力《ちから》があった。主演女優《しゅえんじょゆう》の瞳《ひとみ》に抵抗《ていこう》できない。

「わ、わかった。龍斗《りゅうと》の決勝相手《けっしょうあいて》がひかりじゃなかったら、行《い》くよ」

「ひかりだったら、なおさら来《こ》なきゃだめでしょ！」

静香《しずか》が手《て》でメガホンの形《かたち》を作《つく》って声《こえ》をだした。

「ひかりには、ひかりの応援《おうえん》じゃなくて、静香《しずか》の応援《おうえん》に来《き》たって言《い》えばいいじゃん！　龍《りゅう》斗《と》は未来《みらい》のことを好《す》きでうちをふるかもしれないんだよ。だったら、未来《みらい》は、その場《ば》でうちをなぐさめないといけない義務《ぎむ》があります！」

胸《むね》の奥《おく》がかすかにふるえた。

まさか、静香《しずか》、もし、ひかりと龍斗《りゅうと》で決勝《けっしょう》になったら、私《わたし》も応援《おうえん》に行《い》けるようにこの作戦《さくせん》を思《おも》いついたんじゃない？

そこまでは考《かんが》えていなかったかもしれないけど、結果《けっか》、私《わたし》がうれしく思《おも》えたってのは、静香《しずか》の天性《てんせい》かも。

以前《いぜん》、龍斗《りゅうと》が私《わたし》たちにだまって引《ひ》っ越《こ》すんじゃないか？　っていう事件《じけん》があった。

結局《けっきょく》、静香《しずか》のかんちがいだったんだけど、静香《しずか》はかんちがいしたまま言《い》いたいことを龍《りゅう》斗《と》に言《い》ってしまった。

でも、結果《けっか》、それが両親《りょうしん》のことでなやんでいた龍斗《りゅうと》の気持《きも》ちをすっきりさせちゃったんだよね。

静香《しずか》のその場《ば》の思《おも》いつきって、本人《ほんにん》は「あちゃ～、失敗《しっぱい》した」ってさわいでいるけど、だれかを幸《しあわ》せにしてしまう。

「わかった、つきあう」

「やったあ！」

静香《しずか》が片手《かたて》をのばし、とびはねた。

星《ほし》まで手《て》が届《とど》きそうないきおいだ。

「へへ、はしゃぎすぎかな？　なんかさ、この気持《きも》ちを伝《つた》えるんだ！　って決《き》めたら、もうそれだけですっきりして、やたらとテンション高《たか》いよ。こわいけど、テンション高《たか》い！」

静香《しずか》の気持《きも》ちはよくわかる。

うまく行《い》かなかったけど、私《わたし》もひかりに告白《こくはく》しようと決《き》めたときは、すがすがしかった。

告白《こくはく》って、結果《けっか》よりも「告白《こくはく》するんだ」って気持《きも》ちに魔力《まりょく》があるのかも。

「もし、龍斗《りゅうと》が決勝《けっしょう》まで行《い》かなかったらどうするの？」

「それはそれで考《かんが》えるよ。それより、未来《みらい》は、告白《こくはく》しないの？」

「え？」

「だって、ひかりにしてもいいような」

「ありえない」

下《した》をむいた。

たぶん、私《わたし》はよほどうなだれていたんだろう。

静香《しずか》が想像《そうぞう》もしなかったことを言《い》いだした。

「未来《みらい》、ひかりのこと嫌《きら》いになった？」

一瞬《いっしゅん》、ぽかんとかたまってしまう。

ちがうよ、私《わたし》がひかりに嫌《きら》われたかもしれないんだよ。

「女《おんな》の子《こ》ってずっとだれかを好《す》きでいても、でも相手《あいて》の子《こ》の気持《きも》ちがよくわからないとか、うまく行《い》かないと、途中《とちゅう》で嫌《きら》いになることがあるんだって。ええと、冷《さ》めるっていうのかな」

「それはないよ」

「よかった、未来《みらい》にはひかりを好《す》きでいてもらわないと、うちは都合《つごう》が悪《わる》いので」

静香《しずか》が、おどけて口《くち》にした。

私《わたし》たちは笑《わら》いながら、手《て》をふって別《わか》れた。

冷《さ》めるか。

そうなればいいのかな。

ひかりの電話《でんわ》での声《こえ》。ひかり、優勝《ゆうしょう》したいって気持《きも》ちがすごく強《つよ》かった。

自分《じぶん》を信《しん》じ切《き》っていた。

私《わたし》もひかりに優勝《ゆうしょう》してほしい。

けど、ひかりが私《わたし》をさけている、いやがっているとしたら……。

優勝《ゆうしょう》したひかりを見《み》られるかもしれないって可能性《かのうせい》が今《いま》、ほんの、ちょっと出《で》てきたのに。


そして、2回戦《かいせん》の日曜日《にちようび》があっというまにやってきた。

お母《かあ》さんがお風呂《ふろ》にはいっている間《あいだ》に、ノートパソコンをのぞく。


《ファイターズ2回戦《かいせん》も勝利《しょうり》!　キャプテン、大木君《おおきくん》絶好調《ぜっこうちょう》!》

ふう、勝《か》った。ひかり、おめでとう。

ブログ記事《きじ》には、ひかりの動《うご》きと読《よ》みがすごくいいって書《か》かれてある。

心《こころ》の奥《おく》に、私《わたし》が応援《おうえん》に行《い》かないと絶好調《ぜっこうちょう》なの？　と、小《ちい》さくてせこい自分《じぶん》がちらりと姿《すがた》をあらわす。

スクロールバーをさげていくと、とどめをさすような画像《がぞう》が出《で》てきた。

大宮《おおみや》さんとひかりの「マネージャーとキャプテン」のツーショット写真《しゃしん》。

大宮《おおみや》さんは、大《おお》はしゃぎでひかりの首《くび》にひじをひっかけて、ひかりは、苦《くる》しそうだけど、楽《たの》しそう。

ずっといっしょにがんばってきたってにおいがするよ。

お似合《にあ》いってこういう2人《ふたり》のことだ。

さらにスクロールバーをさげていくと、準々決勝《じゅんじゅんけっしょう》の会場《かいじょう》の行《い》きかたが書《か》かれていた。

2回戦《かいせん》が終《お》われば、もう、準々決勝《じゅんじゅんけっしょう》なんだ。

このままいくと次《つぎ》は準決勝《じゅんけっしょう》、あっというまに決勝《けっしょう》、クリスマスイブ！

そうだ、コンドルズは？

コンドルズはブログはやっていないけど、監督《かんとく》がツイッターやっているって、静香《しずか》が言《い》ってた！
検索《けんさく》すると、コンドルズの監督《かんとく》らしき人《ひと》のツイッターが出《で》てきた。
「2回戦勝利《かいせんしょうり》のビールがうまい」って1行《ぎょう》が書《か》かれていた。

7章《しょう》 このうれしさを伝《つた》えられない

ピー。

笛《ふえ》の音《おと》と同時《どうじ》に、思《おも》いきり壁《かべ》をける。

0・1秒《びょう》でも速《はや》く泳《およ》げるよう、足《あし》の甲《こう》とすねでキックした。

スイミングクラブに通《かよ》いはじめたのは、スポーツをしているひかりに近《ちか》づきたかったからだ。

私《わたし》には、膠原病《こうげんびょう》っていう持病《じびょう》がある。

運動神経《うんどうしんけい》はそんなに悪《わる》くないんだけど、そのせいで、一時期《いちじき》体育《たいいく》は休《やす》んでばかりだった。

自分《じぶん》のペースでできるスポーツはないかって調《しら》べたら、この病気《びょうき》には、温水《おんすい》プールで水《すい》泳《えい》をするのがあっていると知《し》ったんだ。

ぐうぜんにもこのスイミングクラブは温水《おんすい》で、しかも、コーチの安奈先生《あんなせんせい》も同《おな》じ病気《びょうき》の先輩《せんぱい》で、すごく親《した》しみやすくて。

ひかりに会《あ》えないのなら、嫌《きら》われたかもしれないのなら、せめて、水泳《すいえい》ぐらいはがんばりたい！

今度《こんど》、進級《しんきゅう》テストがある。

25メートルを23秒《びょう》以内《いない》で泳《およ》げれば、今《いま》いる中級《ちゅうきゅう》から上級《じょうきゅう》に上《あ》がれる。

ひかりに会《あ》えない、嫌《きら》われたかもしれないっていうもやもやを消《け》すためにも、合格《ごうかく》したい！

指先《ゆびさき》が壁《かべ》につき、顔《かお》をあげると、安奈先生《あんなせんせい》がストップウォッチをのぞきこんだ。

「未来《みらい》ちゃん22秒《びょう》9、紗英《さえ》ちゃんも23秒《びょう》ジャスト」

やった、これがテストなら上級《じょうきゅう》に行《い》ける。

と、すごくうれしかったんだけど……。

「未来《みらい》ちゃん、いいじゃん」

となりのコースで泳《およ》いでいた5年生《ねんせい》の紗英《さえ》ちゃんが、息《いき》を整《ととの》えながら笑《わら》いかけてくれた。

うなずきながらも、本番《ほんばん》ではあとちょっと縮《ちぢ》めたいと思《おも》ってしまった。

だって、年下《としした》の子《こ》と同《おな》じぐらいのタイムで、喜《よろこ》ぶのはやっぱり悔《くや》しい。

それに、ただ合格《ごうかく》したぐらいじゃ、今《いま》のもやもや心細《こころぼそ》さを解消《かいしょう》できない。

欲張《よくば》りだけど、ちょっといいことじゃなくて、すごくいいことがほしい。

その日《ひ》はキック練習《れんしゅう》もビート板《ばん》もすごく集中《しゅうちゅう》してがんばった。


整理体操《せいりたいそう》が終《お》わると、プールサイドに体育座《たいいくすわ》りでならんだ。

安奈先生《あんなせんせい》が、次《つぎ》の日曜日《にちようび》の進級《しんきゅう》テストにむけて個別《こべつ》にこれからの課題《かだい》を言《い》ってくれる。

「紗英《さえ》ちゃんは、息《いき》をはいて。吸《す》うよりはくを意識《いしき》。中島《なかじま》くんはおしりに力《ちから》をいれて。未《み》来《らい》ちゃんは」

「はい」

息《いき》をのむ。

なにを言《い》われるんだろう。

「未来《みらい》ちゃんはイメージして。体《からだ》を前《まえ》に運《はこ》ぶことを。いや、水《みず》に運《はこ》ばれるでもいいかも」

イメージ。意外《いがい》な言葉《ことば》に口《くち》がまるくあいてしまった。

「あれ？　いいかげんなこと言《い》ってると思《おも》ってる？」

安奈先生《あんなせんせい》が笑《わら》った。

「いい、みんな。イメージはスポーツをするうえでとても大切《たいせつ》です。こう泳《およ》ぎたいと毎日《まいにち》思《おも》えば、そこに近《ちか》づいていきます。そして、これは日常《にちじょう》でも同《おな》じ。やさしい人《ひと》になりたいなと思《おも》えば、そうなれるし、かわいくなりたいなと思《おも》えば、いつのまにかそんな自分《じぶん》に近《ちか》づいています」

先生《せんせい》は「やさしい人《ひと》」と口《くち》にしたときにはやさしい顔《かお》をし、「かわいくなりたい」のときにも小首《こくび》をかしげて表情《ひょうじょう》を作《つく》ったので、みんな、おなかをかかえて笑《わら》う。

この中級《ちゅうきゅう》は4年生《ねんせい》もいるので、先生《せんせい》は説明《せつめい》するときに、ちょっと工夫《くふう》する。

私《わたし》は、そういうこともあって、早《はや》く上級《じょうきゅう》に行《い》きたい。

みんなは、あははと笑《わら》っているけど、安奈先生《あんなせんせい》は大《おお》まじめに言葉《ことば》を続《つづ》けた。

「先生《せんせい》の言《い》っていることは本当《ほんとう》ですよ。こうなったらいいなって、どんどんイメージしてみてね」

安奈先生《あんなせんせい》の大《おお》まじめな顔《かお》を見《み》て、ふと、思《おも》った。

ひかりが電話《でんわ》で「おれ、優勝《ゆうしょう》したら」って連発《れんぱつ》していたのは、イメージトレーニングだったのかもしれない。

ひかり、本当《ほんとう》に優勝《ゆうしょう》したいし、する気《き》なんだ。

安奈先生《あんなせんせい》の話《はなし》を聞《き》いていて、改《あらた》めて気《き》づかされた。

翌日《よくじつ》から、私《わたし》もイメージトレーニングをしてみた。

安奈先生《あんなせんせい》に言《い》われたからっていうのはもちろんだけど、ひかりと同《おな》じことをしてみたいって気持《きも》ちもあって。

いや、ひょっとしたら、そっちのほうが強《つよ》いかも。

寝《ね》るまえや、お風呂《ふろ》にはいっているとき、あと授業中《じゅぎょうちゅう》とか（若林先生《わかばやしせんせい》ごめんなさい！）。

自分《じぶん》が水《みず》に運《はこ》ばれるイメージ、そして、進級《しんきゅう》テストにいいタイムで受《う》かるイメージも。

すると、おもしろい現象《げんしょう》が起《お》きた。

ひかりと同《おな》じことをしてみたいって、やりはじめたイメージトレーニングでもあるのに、ひかりのことが、あまり頭《あたま》に浮《う》かばなくなってきた。

ひかりを嫌《きら》いになったわけじゃない。

静香《しずか》が教《おし》えてくれた「冷《さ》める」って言葉《ことば》に影響《えいきょう》されたわけでもない。

うまく言《い》えないけど、一度《いちど》にたくさんのことに頭《あたま》も心《こころ》も使《つか》えない。

ひかりが優勝《ゆうしょう》するまで、会《あ》わないって言《い》われたことはショックだったけど、今《いま》ならわかる。

ひかりは、キャプテンだし、トーナメント戦《せん》で優勝《ゆうしょう》をねらってるわけで、それは、私《わたし》の上級合格《じょうきゅうごうかく》よりずっと大変《たいへん》だ。

学校《がっこう》のちがう友《とも》だちと電話《でんわ》だ、手紙《てがみ》だ、っていう余裕《よゆう》はないよ。

落《お》ちついて考《かんが》えてみれば、ひかりは電話《でんわ》でわざわざ、そんなこと言《い》わなくても、私《わたし》からの手紙《てがみ》の返事《へんじ》を書《か》かないままでもよかったんだよ。

なのに、わざわざ、電話《でんわ》でちゃんと、こういう理由《りゆう》で返事《へんじ》は書《か》けない、とうぶん電話《でんわ》もできないって、教《おし》えてくれた。

あの電話《でんわ》は、ひかりなりの、まごころだったんじゃないかな。

そこに気《き》づかないで、嫌《きら》われたのかもって、いじけていた自分《じぶん》がはずかしくなってきた。

日曜日《にちようび》。

ひかりの準々決勝《じゅんじゅんけっしょう》と、私《わたし》の進級《しんきゅう》テストの日《ひ》がやってきた。

けど、私《わたし》の頭《あたま》は、自分《じぶん》の進級《しんきゅう》テストでいっぱいだ。

だって、毎週《まいしゅう》スイミングスクールに通《かよ》って、練習《れんしゅう》してきたんだもん。

上級《じょうきゅう》に行《い》きたいよ！

「未来《みらい》〜！　お母《かあ》さんのハンドクリーム知《し》らない？　ほら、緑《みどり》のチューブタイプの！

マッサージ師《し》の手《て》がガサガサなんてありえない」

お母《かあ》さんがリビングの小物《こもの》いれや引《ひ》きだしをあせってさがしている。

「お母《かあ》さんの机《つくえ》の引《ひ》きだしは？　まえに『コンパクトがないない』ってさがしてたら、はいってたじゃない」

お母《かあ》さんがハッとした顔《かお》をして、ドタバタとすごい足音《あしおと》で階段《かいだん》をのぼっていった。

私《わたし》はその足音《あしおと》を聞《き》きながら朝《あさ》ごはんを食《た》べる。

いつもとはちがう太《ふと》くて立派《りっぱ》なソーセージと、黄身《きみ》の色《いろ》が濃《こ》くて、盛《も》りあがった目玉焼《めだまや》き。

栄養《えいよう》つけて、進級《しんきゅう》できるようにって、お母《かあ》さん、ゴージャスなごはんにしてくれた。

いつもと同《おな》じでいいのにって、思《おも》いながらも、ちょっとうれしい。

「未来《みらい》、正解《せいかい》！　引《ひ》きだしにあった！　進級《しんきゅう》テスト、うまくいってもいかなくても、電話《でんわ》してね」

お母《かあ》さんは、台風《たいふう》のように出《で》かけていった。

仕事《しごと》で、見《み》に来《こ》られないのを残念《ざんねん》がっていたけど、逆《ぎゃく》によかったかも。

やっぱ、親《おや》に来《こ》られると、ちょっとプレッシャーだよね。

食器《しょっき》をさげると、自分《じぶん》の部屋《へや》で身《み》じたくをした。

前回《ぜんかい》の進級《しんきゅう》テストは熱《ねつ》が出《で》ちゃったり、体調《たいちょう》がよくなかったんだけど、今日《きょう》は朝《あさ》から、体《からだ》がすごく軽《かる》い。

水《みず》に運《はこ》ばれるイメージをしていたからかな。

ううん、それだけじゃない。

机《つくえ》の上《うえ》のペンケースが目《め》にはいった。

もうぼろぼろになってしまった名前《なまえ》でひくおみくじを取《と》りだす。

そこには、『未来《みらい》、想《おも》いが叶《かな》う名前《なまえ》』って書《か》いてある。

5年生《ねんせい》の夏休《なつやす》み。

ひかりと初《はじ》めて出会《であ》った夏《なつ》。

ひかりが、病室《びょうしつ》に持《も》ってきてくれた。

おみくじを胸《むね》にあて、イメージした。

すいすい泳《およ》げて上級《じょうきゅう》にいける自分《じぶん》を。

そして、クリスマスイブから数日後《すうじつご》、ポストにひかりからの手紙《てがみ》がはいっていることも。

そこには、きっと優勝《ゆうしょう》した！　って書《か》いてあるはず！

ペンケースにおみくじをしまい、水泳用《すいえいよう》のバッグにいれた。


スイミングスクールにつくと、今日《きょう》はテストっていうことで、生徒《せいと》の家族《かぞく》がいつもより、多《おお》く見学《けんがく》に来《き》ていた。

水着《みずぎ》に着《き》がえると、準備体操《じゅんびたいそう》、ウォーミングアップ。

「それでは、上級《じょうきゅう》への進級《しんきゅう》テストをはじめます。なんども説明《せつめい》していますが、25メートル、クロールで23秒切《びょうき》れれば上級《じょうきゅう》です。まずは、相原《あいはら》さん、大下君《おおしたくん》」

2人《ふたり》が水《みず》にはいり、ホイッスルが鳴《な》った。

みんな、緊張《きんちょう》しながらも「がんばれがんばれ」と声援《せいえん》をおくる。

私《わたし》は、4番目《ばんめ》。前回《ぜんかい》は、不安《ふあん》と緊張《きんちょう》だけだったけど、今回《こんかい》はあまりなかった。

心《こころ》のどこかで、練習《れんしゅう》したっていう小《ちい》さな自信《じしん》があった。

「前田《まえだ》さん、水島《みずしま》さん」

安奈先生《あんなせんせい》に呼《よ》ばれ、水《みず》にはいると気持《きも》ちよかった。

ガラスのむこうの見学席《けんがくせき》、水面《すいめん》、コースロープ、天井《てんじょう》、安奈先生《あんなせんせい》。

やけに落《お》ちついて、一《ひと》つ一《ひと》つ、きれいに視界《しかい》におさまっていく。

そこから先《さき》はあまりよく覚《おぼ》えていない。

笛《ふえ》が鳴《な》り、あっというまにすべてが終《お》わってしまった。

タイムを聞《き》いたとき、思《おも》わず「う……そ」と声《こえ》が出《で》た。

21秒《びょう》5。

自己《じこ》ベスト、余裕《よゆう》で上級昇進《じょうきゅうしょうしん》だ！

飛《と》び跳《は》ねたかったけど、ほかの子《こ》がまだ終《お》わっていないし、前回《ぜんかい》の私《わたし》みたいに悔《くや》しい思《おも》いをしている子《こ》もいるだろうから、がんばってがまんした。でも、心《こころ》ではジャンプしまくっている。

プールから出《で》ると、つい、ガラス張《ば》りの向《む》こうの見学席《けんがくせき》に目《め》が行《い》ってしまう。

お父《とう》さんやお母《かあ》さん、友《とも》だちが応援《おうえん》に来《き》ている子《こ》もいた。

座《すわ》って手《て》をたたいている大人《おとな》もいれば、ガラスにへばりついている小《ちい》さな子《こ》もいる。

まえの進級《しんきゅう》テストでは熱《ねつ》もあったし、不合格《ふごうかく》だったし、ぜんぜんうまくいかなかった。

でも、あそこにひかりがいた。

合格《ごうかく》したのは、たまらなくうれしい。

でもうれしければ、うれしいほど、ひかりに、そのうれしさを伝《つた》えたくなっちゃうよ。

家《いえ》に帰《かえ》ると、ひかりにはこのうれしさを伝《つた》えられないかわりみたいに、お母《かあ》さんのスマホに電話《でんわ》した。

仕事中《しごとちゅう》の大人《おとな》が、そんなにはしゃいでいいのかなってぐらい、すごく喜《よろこ》んでくれた。

ひかりからの手紙《てがみ》を勝手《かって》に読《よ》まれたときは、お母《かあ》さん大嫌《だいきら》いって思《おも》った。

でも、やっぱり、お母《かあ》さん好《す》きって、勝手《かって》な気持《きも》ちがもくもくとわいてくる。

ひかりも、同《おな》じぐらい喜《よろこ》んでくれたかも。

しばらくすると、静香《しずか》から「未来《みらい》、ひかりも龍斗《りゅうと》も準決勝進出《じゅんけっしょうしんしゅつ》だって！　パソコンのぞいてみなよ！　どうしよう～」と、すごい声《こえ》の電話《でんわ》がかかってきた。

ひかりに「準決勝進出《じゅんけっしょうしんしゅつ》おめでとう！　私《わたし》も上級《じょうきゅう》に合格《ごうかく》したの」って今《いま》すぐ伝《つた》えたい。

なのに、できない――！

8章《しょう》　バカみたいなのが恋《こい》

「龍斗《りゅうと》、コンドルズ準決勝《じゅんけっしょう》かよ」

「すげえじゃん」

クリスマスまで、あと2週間《しゅうかん》の月曜日《げつようび》。

教室《きょうしつ》では、龍斗《りゅうと》が話題《わだい》になっていた。

コンドルズが準決勝《じゅんけっしょう》まで行《い》ったのは初《はじ》めてなんだって。

「ねえ、ねえ、応援《おうえん》に行《い》きたい」

夏川《なつかわ》さんが言《い》った。

うちのクラスの夏川《なつかわ》さん、秋山《あきやま》さん、冬野《ふゆの》さん、鈴木春《すずきはる》さん。

それぞれ季節《きせつ》が名前《なまえ》に使《つか》われているせいか結束《けっそく》がすごくて、1人《ひとり》が言《い》いだせば、4人《にん》いっしょになってさわぎだす。

いやな予感《よかん》がした。

遠《とお》くに座《すわ》っている静香《しずか》がちょっと不安《ふあん》そうな顔《かお》をしている。

だよね。決勝《けっしょう》で、あんまりたくさん応援《おうえん》が来《き》ちゃうと、告白《こくはく》するタイミングがなくなっちゃいそう。

ところが、龍斗《りゅうと》が言《い》った。

「決勝《けっしょう》、クリスマスイブだし、しかも、会場《かいじょう》、遠《とお》いぜ」

夏川《なつかわ》さんたちは「そっか、クリスマスイブか」と急《きゅう》にテンションが低《ひく》くなりだす。

気《き》のせいかな？

龍斗《りゅうと》、だれにも応援《おうえん》に来《き》てほしくないみたいな言《い》いかたなんだけど。

龍斗《りゅうと》が続《つづ》けて言《い》った。

「そうだ、青山《あおやま》と風見《かざみ》。クリスマスイブに病院《びょういん》で、演奏《えんそう》するんだろ」

メガネの似合《にあ》う青山君《あおやまくん》は、合唱《がっしょう》で指揮《しき》を担当《たんとう》し、前下《まえさ》がりボブのちょっと大人《おとな》っぽい風《かざ》
見紫苑《みしおん》さんはピアノ伴奏《ばんそう》をしている。

「地域《ちいき》の大人《おとな》といっしょに、音楽会《おんがくかい》やるんだけど、失敗《しっぱい》したら、入院《にゅういん》している人《ひと》たちの怪《け》

我《が》や病気《びょうき》が悪化《あっか》するんじゃないかって、今《いま》から冷《ひ》や汗《あせ》もんだよ」

青山君《あおやまくん》が笑《わら》うと、風見《かざみ》さんもうなずいた。

この2人《ふたり》はクラスも趣味《しゅみ》もいっしょ。だから、自然《しぜん》にあたりまえのように、いつもいっしょにいる。

あこがれる。

チャイムが鳴《な》り、若林先生《わかばやしせんせい》が「ほら、席《せき》につけ」とはいってきた。

「先生《せんせい》、クリスマスイブは、うららさんとデートですか」

「レストラン予約《よやく》したの〜？」

男《おとこ》の子《こ》がさわぐと、教室内《きょうしつない》は笑《わら》いに包《つつ》まれた。

「おまえらな、クリスマスが終《お》われば、正月《しょうがつ》。そして、卒業《そつぎょう》。あっというまに中学生《ちゅうがくせい》なんだぞ。そういうレベルが低《ひく》い会話《かいわ》からはいいかげん、脱皮《だっぴ》しろ」

——卒業《そつぎょう》！

そういえば、静香《しずか》も、中学《ちゅうがく》になったら、龍斗《りゅうと》はもてるだろうから、そのまえに、告白《こくはく》したいって。

そっか、あと少《すこ》しで、クラスのみんなとはバラバラになってしまう。
中学《ちゅうがく》でまた、同《おな》じクラスになる子《こ》も、お別《わか》れになる子《こ》もいる。
じゃあ、私《わたし》とひかりは？
ひかりは絶対《ぜったい》サッカー部《ぶ》にはいるよね。
小学生《しょうがくせい》のサッカークラブより、中学生《ちゅうがくせい》の部活《ぶかつ》のほうが練習《れんしゅう》がハードなんじゃないかな？
忙《いそが》しくて、手紙《てがみ》も電話《でんわ》も無理《むり》かもしれない。
けど、もし、なにかのまちがいで、友《とも》だちを超《こ》えられたら。
両想《りょうおも》いだったら、彼氏彼女《かれしかのじょ》みたいな関係《かんけい》になれたら。
学校《がっこう》がちがっても、今《いま》までとは、大《おお》きくかわるんじゃない？
でも、このまま、連絡《れんらく》が来《こ》なかったら……。
なんだろう、急《きゅう》に心細《こころぼそ》くなってきた。

その日《ひ》の放課後《ほうかご》。
賞状《しょうじょう》と上級《じょうきゅう》クラスの練習日程表《れんしゅうにっていひょう》を受《う》け取《と》りにスイミングスクールに行《い》った。

当日《とうじつ》くれればいいのに、って思《おも》ったんだけど、名前《なまえ》を書《か》かないといけないから、あとでわたすしかないんだって。

そのかわり、好《す》きなときに取《と》りにいっていい。

私《わたし》がつくと、5年生《ねんせい》の女《おんな》の子《こ》が先《さき》に来《き》ていて、賞状《しょうじょう》と日程表《にっていひょう》を受《う》け取《と》り、スキップのような足取《あしど》りで帰《かえ》っていった。

「前田未来《まえだみらい》さん　上級合格《じょうきゅうごうかく》おめでとうございます」

ロビーでジャージ姿《すがた》の安奈先生《あんなせんせい》がしっかりと目《め》を見《み》て手《て》わたしてくれた。

「ありがとうございます」

自分《じぶん》の名前《なまえ》とタイムが書《か》かれてある賞状《しょうじょう》を見《み》た瞬間《しゅんかん》、体《からだ》が勝手《かって》にはねてしまった。

「やった！　やった！」

「未来《みらい》ちゃん、うさぎになってるよ」

先生《せんせい》が笑《わら》う。

私《わたし》はうさぎになったあと、今度《こんど》は、賞状《しょうじょう》をまるめ胸《むね》にあて、小《ちい》さな声《こえ》でしみじみと、もう一度《いちど》、「やった」と口《くち》にした。

「よっぽど、うれしかったんだね」

私《わたし》はしっかりとうなずいた。

「最近《さいきん》、体調《たいちょう》どう？　寒《さむ》くなると、悪《わる》くならない？」

「快調《かいちょう》なんです。このまま治《なお》っちゃいそう」

上級《じょうきゅう》に受《う》かり、病気《びょうき》もよくなり、そして、中学生《ちゅうがくせい》になったら……。

ひかりと、まさかのキセキが起《お》きてくれたら……！　そんなふうにはいかないかな。

「今回《こんかい》は来《こ》なかったね」

「え？」

「前回《ぜんかい》は、松葉《まつば》づえで応援《おうえん》に来《き》てくれた子《こ》、いたでしょ？」

先生《せんせい》はいたずらっぽく笑《わら》うけど、言葉《ことば》につまってしまった。

「その子《こ》は、イメージトレーニング中《ちゅう》です」

安奈先生《あんなせんせい》が不思議《ふしぎ》そうな顔《かお》をする。

「サッカーのトーナメント戦《せん》で優勝《ゆうしょう》するってイメージに忙《いそが》しいみたいで。でも、本当《ほんとう》に勝《か》ち進《すす》んでいて、今度《こんど》、準決勝《じゅんけっしょう》なんです。そして、優勝《ゆうしょう》するまでは、私《わたし》に会《あ》わないって」

「へえ、すごいね。それ、本気《ほんき》だね」

先生《せんせい》はおどろき、感心《かんしん》していた。

「でも、それって、負《ま》けたらどうなるんでしょうね。優勝《ゆうしょう》したら連絡《れんらく》するって言《い》われたんだけど、途中《とちゅう》で負《ま》けた場合《ばあい》のことには、まったくふれていなくて」

「そりゃ、優勝《ゆうしょう》するって決《き》めたら、『負《ま》けたら』なんて口《くち》がさけても言《い》いたくないし、言《い》わないのは、アスリートとしては正《ただ》しいよ」

私《わたし》も安奈先生《あんなせんせい》の言《い》うとおり、ひかりが電話《でんわ》で言《い》ってくれたことは、アスリートとしては正《ただ》しいと思《おも》う。けど、男子《だんし》としては、どうなのよって思《おも》ってしまう。

「気持《きも》ちが上《うえ》にいったり、下《した》にいったりするんです」

「え？」

「自分《じぶん》も進級《しんきゅう》テストにむけて集中《しゅうちゅう》していたときは、優勝《ゆうしょう》したっていう手紙《てがみ》が来月《らいげつ》にはポストにはいっているのかもって前向《まえむ》きになるんですけど、こうやって合格《ごうかく》して、一息《ひといき》つくと、もう私《わたし》のことなんて忘《わす》れてるかもとか、優勝《ゆうしょう》しても連絡来《れんらくこ》ないかも、嫌《きら》われたのかもとか、ネガティブなことばっかり考《かんが》えちゃって」

すると、先生《せんせい》がくすりと笑《わら》った。

「え、あ、バカみたいですよね、私《わたし》」

「そうじゃなくてさ。好《す》きなんだね。その子《こ》のこと」

先生《せんせい》がゆったりと笑《わら》った。

ちょうど窓《まど》ガラスから、午後《ごご》の日差《ひざ》しがはいってきたせいか、私《わたし》の顔《かお》はかっと熱《あつ》くなる。

「そ、そういうわけじゃ！」

あわててしまって、自分《じぶん》でもなにを言《い》っているんだかわからない。

「未来《みらい》ちゃん、いいこと教《おし》えてあげる」

「は、はい」

「バカみたいなのが恋《こい》なんだよ」

ちょうど、練習《れんしゅう》が終《お》わったみたいで、やかましいちびっこ集団《しゅうだん》が濡《ぬ》れた髪《かみ》のまま、がやがやとやってきた。

受《う》け付《つ》けで受講《じゅこう》カードを受《う》け取《と》っている。

「特《とく》に、初恋《はつこい》は、初《はじ》めてってことで、慣《な》れないことばかりだから、ちょっとのことで、気《き》持《も》ちが上《うえ》にいったり、下《した》にいったりして、大《おお》さわぎで大変《たいへん》だよね」

先生《せんせい》が天井《てんじょう》を見《み》あげ、うんうんとうなずいていた。

そっか、そういうことなのかな。

「あの、先生《せんせい》って彼氏《かれし》いるんですか」

「ええ？」

安奈《あんな》先生《せんせい》がおどろいて目《め》と口《くち》と両方《りょうほう》を大《おお》きくあけた。

「へ、へんなこときいちゃって、すみません。じつは、修学旅行《しゅうがくりょこう》で、担任《たんにん》の先生《せんせい》と看護師《かんごし》さんがおつきあいしだしたってうわさがあって。よく考《かんが》えたら、大人《おとな》のほうが恋《こい》とかするわけじゃないですか。安奈《あんな》先生《せんせい》が好《す》きになる人《ひと》ってどんな人《ひと》だろうって」

どきどきしながら、いっきにきいてしまった。

「なるほどねえ。大人《おとな》の恋《こい》の出会《であ》いを未来《みらい》ちゃんは目撃《もくげき》しちゃったわけだ。それは、好奇《こうき》心《しん》おうせいになっちゃうよね。う～ん」

先生《せんせい》はうでを組《く》んでなやんでいた。

彼氏《かれし》の話《はなし》を私《わたし》にするかどうかで、なやんでいるってこと？

と、いうことは、やっぱり、すてきな人《ひと》がいるんじゃない？

「未来《みらい》ちゃんがもうちょっと、大人《おとな》になったら話《はな》してあげる。じゃあ、私《わたし》、練習《れんしゅう》あるから」

安奈先生《あんなせんせい》は立《た》ち上《あ》がり、プールにむかおうとした。

さいごに「バカみたいって、すてきなことだよ」ってふりかえり笑《わら》ってくれた。


賞状《しょうじょう》をトートバッグにいれ、帰《かえ》りのバスを待《ま》つ。

寒《さむ》くなったので、マフラーをぎゅっとしめた。

インフルエンザが流行《はや》りだしたので、コートのポケットからマスクを取《と》りだす。

私《わたし》は持病《じびょう》で免疫力《めんえきりょく》が弱《よわ》いから、かかりやすいんだよね。

前回《ぜんかい》のテストのときは、不合格《ふごうかく》で、このバス停《てい》のベンチで、ひかりになぐさめてもらったっけ。

ふと思《おも》った。この賞状《しょうじょう》、ひかりに見《み》せたい。

このバス停《てい》から、ひかりの家《いえ》のほうにも、数《かず》は少《すく》ないけど、バスが出《で》ているはず。

乗《の》っていって、家《いえ》まで行《い》って見《み》せちゃおうか。どうする……？

なんてね。そんな勇気《ゆうき》もないくせに。

自分《じぶん》の家《いえ》のほうにむかう、バスがやって来《き》て、乗《の》りこんだ。

ためいきをついて、しばらくすると、ジャージで走《はし》ってくる男《おとこ》の子《こ》たちがみえた。

龍斗《りゅうと》と、コンドルズの子《こ》たちじゃない？

平日《へいじつ》も練習《れんしゅう》しているんだ、やっぱり準決勝《じゅんけっしょう》まで行《い》くとちがう。

バスが赤信号《あかしんごう》で止《と》まると、ちょうど、「ファイト、ファイト」と窓《まど》のそばまでやってきた。

とっさに、マスクをはずし、指《ゆび》でコンコンと窓《まど》をたたく。

龍斗《りゅうと》はこっちをちらりと見《み》てくれたんだけど。

……目《め》がこわかった。

まるでにらまれたみたいに。

バスが動《うご》きだす。

なんだったんだろ、今《いま》の顔《かお》。

練習中《れんしゅうちゅう》だもんね、私《わたし》も、軽《かる》はずみだったかも。

バスをおりると、近所《きんじょ》のクリーニング屋《や》さんに「コンドルズがんばれ」って張《は》り紙《がみ》がはってあった。

選手《せんしゅ》のお父《とう》さんのお店《みせ》なのかもしれない。

よく考《かんが》えたら、この町《まち》に住《す》んでいるんだから、コンドルズを応援《おうえん》するべきなんだよね。

あ、もしかしたら……！

龍斗《りゅうと》は、みんなはおれを応援《おうえん》してくれているけど、未来《みらい》はちがうんだろって思《おも》っているのかも。

それで、顔《かお》がこわかったのかもしれない。

もし、ひかりがこの町《まち》に住《す》んでいて、コンドルズでサッカーをしていたら、どうなったんだろう。

学校《がっこう》も同《おな》じだから、毎日《まいにち》、顔《かお》も見《み》られるし、上級《じょうきゅう》に受《う》かったこともすぐに話《はな》せる。

クラスのみんなで、試合《しあい》を応援《おうえん》しにいくこともあったかも。

今《いま》さらだけど、住《す》む場所《ばしょ》がちがって、めったに会《あ》えない男《おとこ》の子《こ》を好《す》きになるって、無理《むり》とか、不自然《ふしぜん》なことだらけだよね。

本当《ほんとう》に、今《いま》さらだけど……！

9章《しょう》 そんなもんだよね

翌朝《よくあさ》。

昇降口《しょうこうぐち》で上履《うわば》きにはきかえていると、ちょうどダウンジャケットを着《き》た龍斗《りゅうと》がやってきた。

「昨日《きのう》ごめんね。練習中《れんしゅうちゅう》なのに、バスの窓《まど》たたいちゃったりして」

そのとき、私《わたし》は龍斗《りゅうと》からかえされる言葉《ことば》や表情《ひょうじょう》を勝手《かって》に想像《そうぞう》していた。

「こっちが疲《つか》れてるときにバスに乗《の》りやがって」とか、「バテバテでよ」って、笑《わら》いながら言《い》われるって。

だから、ぜんぜんちがう反応《はんのう》をされておどろいた。

「遊《あそ》びじゃないんだよ」

龍斗《りゅうと》は無表情《むひょうじょう》でそれだけ口《くち》にすると、教室《きょうしつ》にむかっていく。

龍斗《りゅうと》のこんな表情《ひょうじょう》は初《はじ》めてだった。

いつもやさしくて、余裕《よゆう》しゃくしゃくで。

けど、よく考《かんが》えたら、龍斗《りゅうと》だって、人間《にんげん》だし、小学生《しょうがくせい》だから、いろんな表情《ひょうじょう》を持《も》っている。

なのに、いつのまにかどこかで、龍斗《りゅうと》はどんなときでも私《わたし》にやさしくしてくれるって思《おも》いこんでいたんじゃない？

「未来《みらい》、おはよう。あれ、ぼーっとして、どうしたの？」

静香《しずか》がやってきて、くつをはきかえた。

「ううん、べつに。そのカラータイツかわいいね」

ごまかすと、静香《しずか》が耳《みみ》に口《くち》をよせてきた。

「今度《こんど》の日曜《にちよう》の試合《しあい》に勝《か》ったら、決勝進出《けっしょうしんしゅつ》だよ。どうしよう！」

「どうしようって、自分《じぶん》で決《き》めたんじゃない」

静香《しずか》のおたおたぶりに笑《わら》いながらも、龍斗《りゅうと》の様子《ようす》が気《き》になってしまう。

「さすがの龍斗《りゅうと》もさ、ちょっとピリピリしてるのかな？」

2人《ふたり》で歩《ある》きだすと、静香《しずか》が小声《こごえ》で言《い》った。

「ちょっとじゃなくて、すごい、してるよ」

「え！」

「ふだんはいつもどおり、余裕《よゆう》かましているけど、ふっと、あれみたいになるんだよ」

「あれって」

「あれだよ、あれ」

「あれじゃわからないでしょ！」

じれったくて、声《こえ》が大《おお》きくなってしまった。

「ええと、ほら、修学旅行《しゅうがくりょこう》で行《い》った足尾銅山《あしおどうざん》の」

「ろう人形《にんぎょう》？」

「それそれ！　基本《きほん》、いつもどおり、余裕《よゆう》かましているんだけど、ふっとそうなるんだよ。ピリピリをかくし切《き》れないんだね」

そう言《い》った静香《しずか》の顔《かお》をまじまじと見《み》つめてしまった。

静香《しずか》ってなんだかんだ言《い》って、龍斗《りゅうと》のことすごくよく見《み》ているっていうか、わかっている。

それって、同《おな》じ学校《がっこう》、クラスだからできることで、うらやましい。

でも、それだけじゃなく、相性《あいしょう》とかもあるんじゃない？　２人《ふたり》はおにあいなのかも。

階段《かいだん》をのぼりだすと、踊《おど》り場《ば》で、急《きゅう》に静香《しずか》が私《わたし》をはしにひっぱった。

「あのさ、未来《みらい》。うち、決勝《けっしょう》に行《い》くのやめるかも」

「え、それって告白《こくはく》やめるってこと？」

静香《しずか》が心細《こころぼそ》そうにうなずく。

「気《き》のせいかもしれないけど、龍斗《りゅうと》の背中《せなか》に『おれはおまえらのゲームの道具《どうぐ》じゃねえ』って字《じ》が見《み》えるときがあるんだよ。こっちは真剣勝負《しんけんしょうぶ》なんだ、おまえなんかちゃらちゃら登場《とうじょう》してくるなよって。やめたほうがいいんじゃないかな？」

さっきの「遊《あそ》びじゃないんだよ」っていう龍斗《りゅうと》の言葉《ことば》がよみがえる。

でも……。

「静香《しずか》だって、龍斗《りゅうと》に負《ま》けないぐらい真剣《しんけん》じゃない」

「う……」

「遊《あそ》び半分《はんぶん》なら、私《わたし》もやめたらって思《おも》うけど、静香《しずか》を見《み》ていると、そうは思《おも》えない」

「そ、そうかな？」

私《わたし》が熱《ねっ》っぽく言《い》いすぎたのか、静香《しずか》は困《こま》っていた。

チャイムが鳴《な》ったので、話《はなし》はここで中断《ちゅうだん》。

階段《かいだん》をかけあがり、教室《きょうしつ》にはいる。

自分《じぶん》はひかりに告白《こくはく》しようとしたけど、失敗《しっぱい》したことがある。

ひょっとしたら、そのせいで、自分《じぶん》ができなかったことを静香《しずか》にしてほしいって思《おも》ってしまう自分《じぶん》がいるのかもしれない。

席《せき》につくと、若林先生《わかばやしせんせい》がはいってきて、朝《あさ》のHR《ホームルーム》がはじまった。

「藤岡《ふじおか》。コンドルズ、今度《こんど》、準決勝《じゅんけっしょう》か。すごいな」

先生《せんせい》の声《こえ》に教室中《きょうしつじゅう》がわきあがる。

自信満々《じしんまんまん》に龍斗《りゅうと》が言《い》った。

「まあ、やるだけやって、意外《いがい》に優勝《ゆうしょう》かもしれませんね」

「言《い》ってくれるな、藤岡《ふじおか》！」

先生《せんせい》が笑《わら》い、「かっこいいぞ、龍斗《りゅうと》」「余裕《よゆう》だあ」とさらに盛《も》りあがった。
さっきの、下駄箱《げたばこ》での龍斗《りゅうと》とは別人《べつじん》で、急《きゅう》にこわくなった。
龍斗《りゅうと》は本当《ほんとう》に「意外《いがい》に優勝《ゆうしょう》かも」って思《おも》っているのかな？
「やるだけやって、とうぜん、優勝《ゆうしょう》だろ」ぐらいの気持《きも》ちでいるんじゃないのかな？
もし、ひかりが龍斗《りゅうと》に負《ま》けたとしたら。
ひかりは「優勝《ゆうしょう》したら連絡《れんらく》する」って、言《い》った。
それは、負《ま》けたらしないってことだ。
つまり、龍斗《りゅうと》が優勝《ゆうしょう》したら、ひかりに会《あ》えない？
急《きゅう》に、ふわっと体《からだ》が熱《あつ》くなった。
あれ？　自分《じぶん》で自分《じぶん》のほほや手首《てくび》をさわる。
ウソ……信《しん》じたくないんだけど。
結局《けっきょく》、その日《ひ》は、学校《がっこう》を早退《そうたい》した。
保健室《ほけんしつ》で寝《ね》ていると、４時間目《じかんめ》あたりでお母《かあ》さんが車《くるま》で迎《むか》えにきてくれた。

私《わたし》の持病《じびょう》は、調子《ちょうし》いいなと思《おも》うと、関節《かんせつ》が痛《いた》くなったり、熱《ねつ》が出《で》たりする。

「水泳《すいえい》がんばったからね。その反動《はんどう》じゃない？」

お母《かあ》さんはハンドルをにぎりながら、そう言《い》った。

じゃあ、なにかがんばるたびに、悪《わる》くなるわけ？

そう考《かんが》えると、やってられなくなってきて、ある言葉《ことば》が思《おも》いだされた。

そんなもんだよね。

ひかりに会《あ》うまえ、病気《びょうき》でどこかに行《い》けなくなるたびに、したいことができなくなるたびに、「そんなもんだよね」ってつぶやいていた。

でも、ひかりに会《あ》って、気持《きも》ちが明《あか》るくなって、この言葉《ことば》は、もう使《つか》わないって決《き》めた。

決《き》めたんだけど……。

病院《びょういん》の小児科《しょうにか》につくと、血液検査《けつえきけんさ》をするって、注射器《ちゅうしゃき》で血《ち》をぬかれた。

自分《じぶん》の血《ち》をみるのがいやで、いつも目《め》をそらしちゃう。

ちょうど、お母《かあ》さんも鼻《はな》かぜをひきはじめていて、その間《かん》に内科《ないか》を受診《じゅしん》していた。

検査《けんさ》の結果《けっか》が出《で》ると、お母《かあ》さんもどってきて、お医者《いしゃ》さんから、耳《みみ》を疑《うたが》いたくなるようなことを言《い》われてしまった。

「今《いま》の状態《じょうたい》で、外《そと》をうろうろすると、悪化《あっか》するし、インフルエンザにかかる確率《かくりつ》も高《たか》いので、平熱《へいねつ》になるまで家《いえ》で安静《あんせい》にさせて下《くだ》さい。年末《ねんまつ》にまた検査《けんさ》して、数値《すうち》がさがっているといいんだけどね」

お医者《いしゃ》さんはおじいちゃんで、笑《わら》いかけてくれた。でも、いくらにこにこされても、言《い》われたことは最悪《さいあく》だ。

だって、それって、クリスマスイブは外出禁止《がいしゅつきんし》ってことじゃない！

ひかりが準決勝《じゅんけっしょう》で勝《か》っても、決勝《けっしょう》の応援《おうえん》には行《い》けない！

静香《しずか》との約束《やくそく》はどうなるの？

……そんなもんだよね。

思《おも》わず、また、つぶやきそうになってしまった。

10章《しょう》　ゆれる気持《きも》ち

「ちちんぷいのぷ～いぷい！」

静香《しずか》がへんな言葉《ことば》をかけながら、ベッドに横《よこ》たわっている私《わたし》の上《うえ》を、宙《ちゅう》でピアノでもひいてるかのように指《ゆび》を動《うご》かしていく。

「それなに？」

「未来《みらい》の病気《びょうき》が治《なお》る呪文《じゅもん》だよ。あ！」

本棚《ほんだな》のすみに差《さ》しこんでおいたうちわを、静香《しずか》が目《め》ざとく発見《はっけん》した。

描《えが》かれているリスのキャラクターがかわいいから、とっておいたんだけど。

静香《しずか》はそれをとりだしてにぎりしめ、今度《こんど》は私《わたし》の頭《あたま》から足《あし》もとをおおげさにあおぐ。

「治《なお》りたま～え、治《なお》りたま～え」

「やめてよ！　おはらいみたいじゃない！」

「だって、未来《みらい》によくなってもらわないと困《こま》るもん！」

静香《しずか》が泣《な》きさけぶような声《こえ》をあげた。

今日《きょう》は土曜日《どようび》。

ひかりも龍斗《りゅうと》も準決勝《じゅんけっしょう》だ。

順当《じゅんとう》に行《い》けば、来週《らいしゅう》の日曜日《にちようび》がクリスマスイブで、決勝《けっしょう》なんだけど。

微熱《びねつ》がさがらないし、関節《かんせつ》が痛《いた》くてだるい。

このままだと、龍斗《りゅうと》が決勝《けっしょう》にいっても、静香《しずか》との約束《やくそく》が果《は》たせない。

「ねえ。お願《ねが》いだから、未来《みらい》、来週《らいしゅう》までに治《なお》ってよ！　今日《きょう》、龍斗《りゅうと》が勝《か》っても、うち、1人《ひとり》じゃ決勝《けっしょう》の応援《おうえん》に行《い》けないよ！　治《なお》れー、治《なお》りたまえー」

静香《しずか》がやけくそのようにうちわをふりまわした。

そんなこと言《い》われても……。

ちょっといらだち、いやな言《い》いかたをしてしまった。

「やめてよ、逆《ぎゃく》に悪化《あっか》しそうだよ」

すると、意外《いがい》な言葉《ことば》がかえってきた。

「未来《みらい》、ひかりに会《あ》いたい！　って気《き》持《も》ちが弱《よわ》いんじゃないの？」

え……。

自分《じぶん》の表情《ひょうじょう》がぴたりとかたまる。

「ひかりは優勝《ゆうしょう》するんだ！　自分《じぶん》は応援《おうえん》に行《い》くんだ！　っていう強《つよ》い気《き》持《も》ちがあれば、治《なお》るんじゃない!?　未来《みらい》の意思《いし》が弱《よわ》いんだよ……あ、」

静香《しずか》は熱《あつ》く語《かた》っていた口《くち》をあわてて自分《じぶん》の手《て》でふさいだ。

「ごめん。うち、今《いま》、病気《びょうき》の子《こ》にかなりめちゃくちゃなこと言《い》っていたよね。気《き》持《も》ちで治《なお》るんだったら、とっくに治《なお》ってるもんね」

静香《しずか》がしょんぼりと下《した》をむく。

「静香《しずか》の言《い》っていることは、めちゃくちゃでもないよ」

「え？」

静香《しずか》が顔《かお》をあげた。

「お医者《いしゃ》さんも、目標《もくひょう》があると治《なお》りが早《はや》いこともある、とか、楽《たの》しいことを考《かんが》えたほうがいいってよく言《い》っている。もしかしたら、どこかでこわいっていうか、迷《まよ》っているのかもしれない」

「こわい？　迷《まよ》う？」

「決勝戦《けっしょうせん》がひかりと龍斗《りゅうと》だったとして、静香《しずか》と試合観《しあいみ》にいって、ひかりが私《わたし》に気《き》づいたら、『なんで来《き》たんだよ』っていやがられるんじゃないかって。電話《でんわ》であそこまではっきり言《い》われたなら、連絡待《れんらくま》っていたほうがいいのかなって。ごめん、約束《やくそく》したのに」

静香《しずか》がうちわを学習机《がくしゅうづくえ》におき、ふうっと息《いき》をはいていすに座《すわ》りこんだ。

「なるほどね。まあ、ゆれだすよね。気持《きも》ちってやつは」

それは、すごく静香《しずか》らしくない言葉《ことば》だった。

「どういうこと？」

「じつは、うちも急《きゅう》にいろいろ考《かんが》えだしちゃってさ」

「龍斗《りゅうと》の背中《せなか》に、ゲームじゃねえんだって字《じ》が見《み》えるってこと？」

「それだけじゃなく、告白《こくはく》って試合《しあい》のあとにするわけじゃん。勝《か》ったらどうなるの？　負《ま》けたらなに？　っていろいろ考《かんが》えちゃうんだよ。いい、未来《みらい》。ここから長《なが》くなるからね。しっかり聞《き》いてよ」

「う、うん」

「まずは、龍斗《りゅうと》が優勝《ゆうしょう》したバージョンで行《い》くよ。そこで、うちが告白《こくはく》したら、龍斗《りゅうと》はチームメイトと盛《も》りあがっているのに、邪魔《じゃま》するなってなるのか？　優勝《ゆうしょう》していい気分《きぶん》だから、うちの気持《きも》ちも大《おお》きな心《こころ》で受《う》け止《と》めてくれるのか？　どっちだと思《おも》う？　なぐさめじゃなくて、現実的《げんじつてき》に考《かんが》えてみて？」

現実的《げんじつてき》にって……。

「それは、龍斗《りゅうと》以外《いがい》にはわからないかも」

「うわあ、やっぱり」

静香《しずか》が両手《りょうて》で頭《あたま》をおさえ、ばたばたと足《あし》を動《うご》かした。

「ほ、ほかはないの？」

「あるよ！」

静香《しずか》が、動《うご》きをぴたっと止《と》め、膝《ひざ》に両手《りょうて》を置《お》く。

「龍斗《りゅうと》が負《ま》けた、準優勝《じゅんゆうしょう》バージョン。これは、もっとややこしいから、覚悟《かくご》して聞《き》いて」

「う、うん」

「龍斗《りゅうと》が負《ま》けたとして。龍斗《りゅうと》は準優勝《じゅんゆうしょう》をどう受《う》け止《と》めるか。おれたちよくやったぜとなるか。ちくしょー負《ま》けたぜとなるかだよ」

「そうだね。1回戦《かいせん》で負《ま》けたら、ちくしょーだけど、準優勝《じゅんゆうしょう》だったら、けっこうすっきりしちゃうかもね」

「でしょ？　それで、すっきりした場合《ばあい》、うちが告白《こくはく》するとどうなるのか？　すっきりした時《とき》にそんなこと言《い》われても困《こま》るになるのか、すっきりしたときだからこそ、少《すこ》しはうれしく思《おも》ってくれるのか」

「ええ、わかんない。龍斗《りゅうと》ってただでさえ、わかりにくいし」

「じゃあ、ちくしょー準優勝《じゅんゆうしょう》だったぜの場合《ばあい》は？　ちくしょーだからこそ、うちの気持《きも》ちを少《すこ》しははげみみたいに思《おも》ってくれるのか。ちくしょー、こんなときにくだらねえこと言《い》ってくるんじゃねえよって思《おも》われちゃうのか？」

静香《しずか》の泣《な》きそうな問《と》いかけに、しっかりと答《こた》えてあげたい。

だけど……。

「ごめん。ぜんぜんわからない」

「ほらね！　告白《こくはく》するって決《き》めたのはいいけど、宿題《しゅくだい》のドリルより、ずっとむずかしいことを、一生懸命《いっしょうけんめい》考《かんが》えて、結局答《けっきょくこた》えが出《で》ないんだよ。このままだと、うちまで病気《びょうき》になりそうだよ」

静香《しずか》がふたたびうちわを持《も》ち、冬《ふゆ》なのに、ばたばたとあおぎだした。

私《わたし》は、静香《しずか》は自分《じぶん》とちがってうじうじなやまない子《こ》だと思《おも》っていた。

想像《そうぞう》もつかないことを思《おも》いつき、なんのためらいも持《も》たず、どんどん走《はし》っていく子《こ》だって。

けど、今《いま》の目《め》の前《まえ》の静香《しずか》は、私《わたし》が知《し》らなかった静香《しずか》だ。

思《おも》わず、安奈先生《あんなせんせい》と同《おな》じことを言《い》いそうになる。

龍斗《りゅうと》のこと、よほど好《す》きなんだねって。

そして、恋《こい》をするとバカみたいになるらしいよって教《おし》えてあげたくも。

静香《しずか》は目覚《めざ》まし時計《どけい》を見《み》ると、うちわであおぐのをぴたりとやめた。

「4時《じ》だ！　試合終《しあいお》わってるかも？」

「お母《かあ》さんの部屋《へや》のパソコン見《み》てみようか」

「いや、持《も》ってきた」

静《しず》香《か》がポケットからスマホを取《と》りだした。

「買《か》ってもらったの？」

「ううん。お父《とう》さんのを借《か》りてきたんだ。ちょっとの間《あいだ》ならいいって」

静《しず》香《か》はスマホをじっと見《み》つめている。

なのに、検《けん》索《さく》しようとしない。

「静《しず》香《か》……？」

「こわいよ。龍《りゅう》斗《と》が勝《か》ってたらどうすればいいの？」

すがるような目《め》で私《わたし》を見《み》る。

「どうすればって。とにかく、結《けっ》果《か》を知《し》らないと、次《つぎ》に進《すす》めないじゃない」

静《しず》香《か》があぜんとした。

「未《み》来《らい》、前《まえ》向《む》き」

その言《こと》葉《ば》に、私《わたし》はぷっと吹《ふ》きだしてしまった。

「ど、どしたの？」

「友《とも》だちっておもしろいね。どっちかが、うじうじすると、どっちかが、前向《まえむ》きになるしかなくなっちゃうんだね」

「え、ええ？」

「学校《がっこう》を早退《そうたい》したとき、熱《ねつ》がさがるまで、外出禁止《がいしゅつきんし》って言《い》われて、自分《じぶん》で自分《じぶん》をいじめるぐらい暗《くら》いこと考《かんが》えたんだ。これから先《さき》、なにかがんばるたびに、こうなるんだ、私《わたし》の人生《じんせい》そんなものとか」

「未来《みらい》……」

「でもさ、静香《しずか》もなやんだり迷《まよ》ったりするんだなって。それがわかったら、なんだか、前向《まえむ》きになるしかなくなっちゃった」

天井《てんじょう》をみあげると、視界《しかい》のすみで、静香《しずか》のうでが動《うご》いているのがわかった。

静香《しずか》がスマホをいじっている。

「こわかったんじゃなかったの？」

「未来《みらい》の話《はなし》聞《き》いていたら、びびっている場合《ばあい》じゃないなって！　あ！」

スマホ画面《がめん》をのぞいている静香《しずか》の表情《ひょうじょう》がかわった。

私《わたし》の心臓《しんぞう》も、どくんと音《おと》を立《た》てる。

結果《けっか》、どうなったの？

「未来《みらい》」

静香《しずか》の突《つ》きだしたスマホの画面《がめん》には、コンドルズの監督《かんとく》のツイッターがうつしだされていた。

《コンドルズ、なんとか勝《か》ちました。来週《らいしゅう》はファイターズと決勝《けっしょう》だ！》

11章《しょう》 たとえ傷《きず》つけることになっても

静香《しずか》といっしょに、決勝戦《けっしょうせん》を見《み》にいきたい。

がんばっているひかりを応援《おうえん》したい。会《あ》いたい。

安奈先生《あんなせんせい》が教《おし》えてくれたイメージトレーニング。

自己《じこ》ベストだせたんだから、上級《じょうきゅう》にも受《う》かったんだから、病気《びょうき》にもきくかもしれない。

寝《ね》るまえに、毎晩《まいばん》、イメージした。

クリスマスイブの朝《あさ》になると、とつぜん元気《げんき》になって、静香《しずか》と2人《ふたり》で、会場《かいじょう》にむかう自《じ》分《ぶん》を想像《そうぞう》した。

でも、体調《たいちょう》はちっとも、よくならず、とうとう終業式《しゅうぎょうしき》の朝《あさ》になっちゃった。

明日《あした》は、日曜日《にちようび》。

クリスマスイブで決勝《けっしょう》だ。

今日《きょう》はだめでも、明日《あした》になったら、イメージトレーニングの結果《けっか》が出《で》るかも！

そんな期待《きたい》を胸《むね》に、体温計《たいおんけい》をわきにはさむ。

ピピピと音《おと》がし、お母《かあ》さんにわたした。

「37度《ど》5分《ぶ》か」

お母《かあ》さんが、私《わたし》の頭《あたま》をぽんぽんとたたく。

明日《あした》は、きっと、よくなってるよ。

自分《じぶん》で自分《じぶん》に言《い》い聞《き》かせる。

「成績表《せいせきひょう》、来週《らいしゅう》、お母《かあ》さん、学校《がっこう》に取《と》りにいくから。あと、ロッカーの荷物《にもつ》も」

「うん」

「元気《げんき》ないぞ。仕事行《しごとい》くけど、大人《おとな》しく寝《ね》てるのよ」

「うん」

「もう、『うん』しかないの？」

お母《かあ》さんが部屋《へや》を出《で》て、仕事《しごと》にむかった。

まくらの下《した》からペンケースを取《と》りだし、そっとにぎる。

これには、もうぼろぼろになったおみくじがはいっている。

未来《みらい》、想《おも》いが叶《かな》う名前《なまえ》。

これをずっと持《も》っていれば、想《おも》いが叶《かな》うはず。

明日《あした》には熱《ねつ》がさがっている。

ひかりの応援《おうえん》に行《い》ける。

ひかりは、きっと優勝《ゆうしょう》する。

試合《しあい》が終《お》わったら、ひかりは私《わたし》に気《き》づいて、「なんだよ、来《き》てたのかよ」って遠《とお》くから笑《わら》いかける。

絶対《ぜったい》に、そうだ！　そうに決《き》まっている！

でも、そう思《おも》えば思《おも》うほど、がんばって前向《まえむ》きになろうとすればするほど、悲《かな》しくなってくるんだけど。

私《わたし》はひかりが好《す》きで、会《あ》いたいってだけ。

そんな単純《たんじゅん》で小《ちい》さな願《ねが》いが、どうして叶《かな》わないんだろう。

片想《かたおも》いだから？　学校《がっこう》がちがうから？　住《す》んでいる場所《ばしょ》がはなれているから？

進級《しんきゅう》テストに合格《ごうかく》したことだって、一番先《いちばんさき》に教《おし》えたかったのに！
たったそれだけのことも伝《つた》えられないっておかしいよ。
みんなは終業式《しゅうぎょうしき》のこの時間《じかん》。
私《わたし》の部屋《へや》はとても静《しず》かで、さびしくて、たえきれなくて、布団《ふとん》をかぶり、目《め》を閉《と》じた。

ピンポーン。
玄関《げんかん》のチャイムの音《おと》で、はっと目《め》を覚《さ》ます。
どれくらい時間《じかん》が経《た》ったんだろう。
あわてて時計《とけい》を見《み》ると、終業式《しゅうぎょうしき》が終《お》わったころだった。
静香《しずか》だ、まちがいない！
おみまいをかねて、明日《あした》の相談《そうだん》に来《き》てくれたんだ。
厚手《あつで》のカーディガンをひっかけ、階段《かいだん》をおりていく。
ひざの関節《かんせつ》がかすかに痛《いた》む。
「静香《しずか》～、成績《せいせき》、どうだった？」

笑《わら》いながら、ドアをあけると、思《おも》わずかたまってしまった。

「親友《しんゆう》じゃなくてわりいな」

「う、ううん」

「これ、持《も》ってきた」

龍斗《りゅうと》がはいってきて、私《わたし》のお習字《しゅうじ》セットをおいてくれた。

「先生《せんせい》が週明《しゅうあ》けに、おばさんが取《と》りにくるって言《い》っていたけど、少《すこ》しでも持《も》ってきたほうがいいかなって」

「ごめん、重《おも》かったでしょ」

すると、龍斗《りゅうと》が私《わたし》の顔《かお》をのぞきこんできた。

どきりとする。

え、なに？

「目《め》、はれぼったいけど、熱《ねつ》あるの？」

あわてて自分《じぶん》の顔《かお》や髪《かみ》にふれる。

寝《ね》ながら泣《な》いていたのかな？　まずい、顔《かお》ぐらい洗《あら》えばよかった。

「ちょっと、あいさつに来《き》た」

緊張《きんちょう》した空気《くうき》が走《はし》る。あいさつって……？

「明日《あした》、試合《しあい》なんだけどさ」

「だよね。がんばって」

「本当《ほんとう》にそう思《おも》ってる？」

龍斗《りゅうと》の目《め》がふっとかわった。笑《わら》ってるけど、逆《ぎゃく》にこわい。

口《くち》から出《で》まかせだったら、やめろよなって、目《め》だ。

「だって、クラスメイトだし。龍斗《りゅうと》、がんばってるし」

「相手《あいて》、大木《おおき》なんだぜ」

おたがいを包《つつ》む空気《くうき》がひりひりしだした。

気温《きおん》は低《ひく》いのに、この空間《くうかん》だけ寒《さむ》いのか熱《あつ》いのかわからない。

「もちろん、ひかりにもがんばってほしいけど、龍斗《りゅうと》にも。だって、2人《ふたり》とも友《とも》だちだし」

「なるほど、2人《ふたり》ともがんばってか」

「うん。そうだよ。そう思《おも》うよ」

「ひきょうだよ、未来《みらい》」

ハンマーかなにかで殴《なぐ》られた気《き》がした。今《いま》、なんて言《い》った？

「ひ、ひきょうって、そ、そんなことはないよ？」

「世《よ》の中《なか》のやつら、全員《ぜんいん》にきいたら、未来《みらい》はひきょうじゃないって言《い》うだろう。でも、おれからすると、ひきょうだ」

「そう言《い》われても」

今日《きょう》の龍斗《りゅうと》はおかしい。

でも、今《いま》までの龍斗《りゅうと》とちがって、めちゃくちゃだけど、正直《しょうじき》にも見《み》えた。

「おれ、明日勝《あしたか》つんだけどさ」

「え？」

「うちのチーム、すごいがんばってるから、勝《か》つと思《おも》う」

明日《あした》は晴《は》れだからみたいに、ふつうにさらりと言《い》われてしまった。

そこに、龍斗《りゅうと》の底知《そこし》れない迫力《はくりょく》が感《かん》じられた。

龍斗《りゅうと》が言葉《ことば》を続《つづ》ける。

「おれたちコンドルズが優勝《ゆうしょう》して、大木《おおき》から連絡《れんらく》がなくても、それは仕方《しかた》のないことだから。これは、試合《しあい》だし、勝負《しょうぶ》だから」

「あ、あたりまえでしょ」

あいさつって、これ？

なんで、そんなこと、わざわざ言《い》いに来《き》たんだろ。

龍斗《りゅうと》の考《かんが》えがわからない。

「未来《みらい》は、どっちが勝《か》つと思《おも》う？」

のどになにか突《つ》っこまれた気《き》がした。

そんなこと聞《き》かれても……。

「わからないは、なしだ！　おれ、すごく正直《しょうじき》に話《はな》してるから、未来《みらい》も本音《ほんね》で言《い》ってくれよ」

龍斗《りゅうと》の目《め》には、ウソやごまかしがいっさいなかった。

逆《ぎゃく》に言《い》えば、いじわるでわがまま放題《ほうだい》ってだけ。

いつもの余裕《よゆう》しゃくしゃくの龍斗《りゅうと》とは、ぜんぜんちがう。

けど、そのぶん、たてまえや、とりつくろいがない。

私《わたし》も本音《ほんね》で答《こた》えたくなる。

それは、龍斗《りゅうと》を傷《きず》つけることになるかもしれない。

でも、ここで適当《てきとう》にとりつくろうのが、一番《いちばん》いけないことなんじゃないかな。

「私《わたし》は……」

目《め》を閉《と》じて落《お》ちついてから言《い》おうとした。けど、やめた。

すぐに、答《こた》えは出《で》てしまったから。

「ひかりが、ファイターズが優勝《ゆうしょう》する」

口《くち》にすると同時《どうじ》に、ひかりの電話《でんわ》の声《こえ》がよみがえる。

絶対《ぜったい》に優勝《ゆうしょう》するから。

龍斗《りゅうと》は真正面《ましょうめん》から、私《わたし》の答《こた》えを受《う》け止《と》めていた。

いつもの余裕《よゆう》の笑顔《えがお》はかけらもなかった。

「わかった。正直《しょうじき》に答《こた》えてくれてありがとう」

それだけ言《い》って、出《で》ていった。

床《ゆか》においてくれたお習字《しゅうじ》セットを持《も》ちあげる。

龍斗《りゅうと》は、これを届《とど》けてくれるためだけに来《き》たのかもしれない。

でも、もしかしたら、それだけではないのかもしれない。

例《たと》えば、「龍斗《りゅうと》が勝《か》つよ」って言《い》ってほしかったのかもしれない。

例《たと》えば、自分《じぶん》がひかりに勝《か》って、そのせいでひかりが私《わたし》との約束《やくそく》を守《まも》れなくなったら、悪《わる》いなって思《おも》ったのかもしれない。

それはだれにもわからない。

そして、明日《あした》、私《わたし》がひかりに会《あ》えるかどうかも、だれにもわからない。

12章《しょう》

すっごく行《い》きたかったんだ！

その日《ひ》がやってきた。

クリスマスイブの朝《あさ》は、うすくくもって寒《さむ》かった。

ベッドに座《すわ》り、わきに体温計《たいおんけい》をはさむと、ピピピと音《おと》がなった。

お母《かあ》さんにわたす。

「37度《ど》5分《ぶ》。昨日《きのう》と同《おな》じか。つらくない？　関節痛《かんせついた》くない？」

心《こころ》が痛《いた》い。

そう言《い》いたかったけど、ぐっとこらえた。

イメージトレーニングしながらも、どこかで、だめなんじゃないかという想像《そうぞう》もしていた。

でも、案外《あんがい》、イメージトレーニングどおり、クリスマスイブになったら、元気《げんき》になっているんじゃないかとも思《おも》っていた。

信《しん》じていた。

けど、本当《ほんとう》にだめだった。

「未来《みらい》、ごめんね。ケーキ買《か》ったり、いろいろしたかったんだけど、まさか、24日《か》にこんなに予約《よやく》がはいるなんて。いつもは、クリスマスすぎてから、年末《ねんまつ》にかけて混《こ》むのに。クリスマスイブにマッサージなんて、時代《じだい》はかわったのね」

お母《かあ》さんは、ごめんねと手《て》を合《あ》わせたり、ふうとため息《いき》をついたりしていた。

お母《かあ》さんからすると、クリスマスイブに病気《びょうき》の娘《むすめ》を1人《ひとり》にして、働《はたら》くのがよくないように思《おも》えるらしい。

でも、こうなったら、1人《ひとり》のほうがいいかも。

だって、ちょっとでも気《き》をゆるめたら、お母《かあ》さんの前《まえ》でも泣《な》きだしてしまいそう。

「お母《かあ》さん、私《わたし》の心配《しんぱい》より、忘《わす》れ物《もの》ない？　最近《さいきん》、忙《いそが》しくて、図書館《としょかん》で本《ほん》を借《か》りっぱなしだったり、大切《たいせつ》な書類《しょるい》を忘《わす》れて、一度《いちど》家《いえ》にもどったりしていたじゃない」

「それ、病院《びょういん》でもらった鼻《はな》かぜの薬《くすり》のせいよ、どうも、忘《わす》れっぽくなるみたい」

「ウソ！　ありえない！」

薬《くすり》のせいにしているお母《かあ》さんがおかしくて、笑《わら》ってしまった。

このままがんばって笑《わら》い続《つづ》けていれば、悲《かな》しさが消《き》えてくれるかもしれない。

「でも、これだけは忘《わす》れていませんでした」

お母《かあ》さんが大《おお》きめのバッグから包《つつ》みを取《と》りだした。

サンタのぼうし模様《もよう》がちりばめられている包装紙《ほうそうし》に、リボンがかけられている。

「はい、クリスマスプレゼント」

「ありがとう。え〜！　なんだろう」

「お母《かあ》さんもう、出《で》るから、あとでゆっくりあけて。そうだ、未来《みらい》が、今《いま》、飲《の》んでいる薬《くすり》、おなか痛《いた》くなるかもしれないんだって。痛《いた》くなったら専用《せんよう》の胃薬《いぐすり》があるから薬箱《くすりばこ》あけてね。だらだらテレビとか見《み》ていないで、ちゃんと横《よこ》になっているのよ。電話《でんわ》の子機《こき》をここにセットしておいたから、なにかあったら電話《でんわ》するのよ」

お母《かあ》さんは勉強机《べんきょうづくえ》を指《ゆび》さし、一方的《いっぽうてき》に、すごいいきおいでしゃべりながら、出《で》かけていく。

そして、お母《かあ》さんが出《で》ていったあと、この小《ちい》さな家《いえ》は音《おと》が消《き》えたかのように、また、静《しず》かになった。

せっかくだから、あけちゃおうっと。

赤《あか》いリボンをほどき、わくわくしながら、包装紙《ほうそうし》を開《ひら》くと、「あ」っと声《こえ》が出《で》てしまった。

水泳帽《すいえいぼう》！

しかも、これ、安奈先生《あんなせんせい》と同《おな》じ、有名《ゆうめい》なスポーツブランドのものだ！

かっこいい、やった！

水泳帽《すいえいぼう》をぎゅっと胸《むね》に抱《だ》きよせた。

未来《みらい》、今回《こんかい》は病気悪化《びょうきあっか》しちゃったけど、水泳《すいえい》は続《つづ》けようね。

お母《かあ》さんの声《こえ》が聞《き》こえた気《き》がした。

いろんなことをいっきにしゃべって出《で》かけていったけど、一番言《いちばんい》いたいことは、それだけなのかも。

目覚《めざ》まし時計《どけい》を見《み》ると、11時《じ》だった。ひかりの試合《しあい》は午後《ごご》1時《じ》からだ。

あと、２時間《じかん》。

静香《しずか》に「行《い》けない」って電話《でんわ》してみよう……と、思《おも》った時《とき》。

トゥルルルル。

いきなり、机《つくえ》の上《うえ》の子機《こき》が鳴《な》ってびっくりした。

表示《ひょうじ》に鈴原《すずはら》って出《で》ている。

「静香《しずか》？」

「あ、未来《みらい》。熱《ねつ》さがった？」

ストレートにきかれた。

このストレートさが、今《いま》の静香《しずか》の心境《しんきょう》を物語《ものがた》っている。私《わたし》と行《い》く気満々《きまんまん》だ。

一度《いちど》、深呼吸《しんこきゅう》して、はっきりと口《くち》にした。

「熱《ねつ》さがらない。行《い》けない」

しばらく間《ま》があいた。

「まじですか……？」

「これで無理《むり》して行《い》ったら、大変《たいへん》なことになる。……あきらめる」

あきらめる。

声《こえ》にしてみると、こんなにくやしい言葉《ことば》はない。

できれば、もう二度《にど》と使《つか》いたくない。

「そっか」

静香《しずか》の声《こえ》はしゅんとしていた。

「病気持《びょうきも》ちの親友《しんゆう》でごめん」

「そういうの、やめなよ！」

静香《しずか》がびしっと言《い》いかえしてきた。

「え？」

「今《いま》の言葉《ことば》よくないよ！　自分《じぶん》で自分《じぶん》を低《ひく》くするみたいで、よくないよ」

説得力《せっとくりょく》があり、はっとさせられた。

「そうだね。で、静香《しずか》はどうするの？」

「今《いま》から、１人《ひとり》で行《い》く」

しっかりとした声《こえ》だった。

「未来《みらい》、このまえ、友《とも》だちはどっちかがへこむと、どちらかが前向《まえむ》きになるみたいなこと言《い》っていたよね。さっき、未来《みらい》があきらめるって言《い》ったとき、これは、うちは1人《ひとり》だろうが、大雪《おおゆき》が降《ふ》ろうが、行《い》かなきゃいけないって思《おも》ったんだ」

「静香《しずか》……」

息《いき》をのみ、聞《き》いてみた。

「好《す》きって……言《い》うの？」

だれもいないのに、なぜか、声《こえ》が小《ちい》さくなる。

「うん。龍斗《りゅうと》は今日《きょう》が勝負《しょうぶ》なんだ。だから、うちも今日《きょう》が勝負《しょうぶ》なんだ」

勝負《しょうぶ》……。

そうかもしれない。初恋《はつこい》とか好《す》きとかって、甘《あま》くてロマンティックというよりは、さいごは、もう勝負《しょうぶ》なのかも。

「終《お》わったら、報告《ほうこく》するから。電話《でんわ》するか、未来《みらい》の家《いえ》に行《い》くから」

「ありがと。あ、静香《しずか》。今日《きょう》の試合会場《しあいかいじょう》、行《い》きかたがややこしいから気《き》をつけて。乗《の》りかえしたあとの電車《でんしゃ》。平日《へいじつ》と土日《どにち》だと、止《と》まる駅《えき》がちがうんだって。特快《とっかい》とか特急《とっきゅう》とかいろんな名前《なまえ》があるけど、駅員《えきいん》さんにこれは○×駅《えき》に止《と》まりますかって、直接《ちょくせつ》きいて。じゃないと、通過《つうか》しちゃって、どこまで、乗《の》せられちゃうかわからないよ。駅《えき》についたら、バスだけど、それはわかりやすいみたい。もう、バスの正面《しょうめん》にグラウンド前《まえ》行《い》きって書《か》いてある……」

「み、未来《みらい》？」

いっきにしゃべると、静香《しずか》がおどろき、さえぎってきた。

しまった！

お母《かあ》さんと同《おな》じになっちゃったかも？

修学旅行《しゅうがくりょこう》の班長《はんちょう》をやったときも、未来《みらい》、おばさんみたいとか言《い》われたっけ？

ところが、静香《しずか》はまったく予想《よそう》していなかったことを口《くち》にした。

「未来《みらい》、行《い》きかた、くわしいね」

「え……」

「行《い》こうと思《おも》って、なんども確認《かくにん》したんじゃないの？」

「……」

「未来《みらい》、すっごく行《い》きたかったんだね」

その、「すっごく」の言《い》いかたが胸《むね》にひびいた。

そうだよ、静香《しずか》。

すっごく行《い》きたかった、ひかりを応援《おうえん》したかった。

「うち、龍斗《りゅうと》とひかりと両方応援《りょうほうおうえん》するよ！」

「え」

「未来《みらい》のぶんもひかりを応援《おうえん》する」

「静香《しずか》……ありがとう」

子機《こき》をにぎりしめた。

13章《しょう》 ホイッスルが聞《き》こえる

12時《じ》になった。

試合《しあい》がはじまるまで、あと1時間《じかん》。

今《いま》、家《いえ》を出《で》れば、途中《とちゅう》から見《み》ることは十分《じゅうぶん》にできる。

はっとした。

なに考《かんが》えているの、あきらめるって決《き》めたじゃない。

静香《しずか》からの電話《でんわ》のあと、ベッドで横《よこ》になったんだけど、落《お》ちつかない！

頭《あたま》の中《なか》で、無理《むり》して行《い》ってもよかったんじゃないかとか、今《いま》さらなことがぐるぐるとかけめぐる。

あきらめるって、応援《おうえん》に行《い》くことをあきらめたってだけで、ひかりに会《あ》うことをあきらめたわけじゃない。

きっと、また会《あ》える。
ひかり、優勝《ゆうしょう》したって、手紙《てがみ》をくれるよ！
すると、優勝《ゆうしょう》できなかったら、手紙書《てがみか》いてくれないのかなって、不安《ふあん》が頭《あたま》をよぎった。
むりやり、頭《あたま》をふる。
優勝《ゆうしょう》するよ、絶対《ぜったい》に！
とつぜん、玄関《げんかん》のチャイムが鳴《な》った。
だれだろう、お母《かあ》さん、また、忘《わす》れ物《もの》とか？
階段《かいだん》をゆっくりとおり、玄関《げんかん》のドアをあけた。
「はい」
「前田《まえだ》さん。あ、元気《げんき》そう」
そこには真《ま》っ赤《か》なダッフルコートを着《き》た、風見紫苑《かざみしおん》さんがいた。
毛糸《けいと》のぼうしも似合《にあ》っている。
となりには、青山君《あおやまくん》もいた。
リュックを背負《せお》って、タクトのケースがはみでている。

「あれ、今日《きょう》は病院《びょういん》で、大人《おとな》にまじって演奏《えんそう》するんじゃなかったっけ？」

「ふふ、そのまえに」

風見《かざみ》さんが楽譜《がくふ》をいれたバッグから、封筒《ふうとう》を取《と》りだした。

「これ、クリスマスカードがはいっているから。今日《きょう》のメンバーでたくさん作《つく》ったの」

たぶん、入院《にゅういん》している人《ひと》たちにあげるものだ。

「私《わたし》にも作《つく》ってくれたの？」

「うん」

風見《かざみ》さんと青山君《あおやまくん》がにっこり笑《わら》った。

「ありがとう。うれしい」

意外《いがい》な人《ひと》からのクリスマスカードに、空気《くうき》は冷《つめ》たいのに、心《こころ》がほんのりあたたかくなった。

「新学期《しんがっき》までには治《なお》りそう？」

青山君《あおやまくん》がメガネのブリッジに指《ゆび》をあてる。

「たぶん」

「よかった」

風見《かざみ》さんと青山君《あおやまくん》の声《こえ》が重《かさ》なる。

この2人《ふたり》はいつも自然《しぜん》にいっしょにいる。

学校《がっこう》が同《おな》じで、クラスもいっしょで、2人《ふたり》とも音楽《おんがく》が好《す》きで。

私《わたし》のあこがれだ。そして、うらやましい。

「風見《かざみ》さんの服《ふく》、サンタっぽいね。本当《ほんとう》にサンタさんからカードをもらったみたい」

「そうかな？　意識《いしき》してなかったけど」

風見《かざみ》さんが自分《じぶん》で自分《じぶん》の服《ふく》をながめる。

「ぼくは、ねらってたんだと思《おも》ってた」

青山君《あおやまくん》の声《こえ》に、3人《にん》で笑《わら》った。

「じゃあ、サンタは行《い》くね。メリークリスマス」

「メリークリスマス」

手《て》をふりあい、そっとドアをしめた。

封《ふう》をあけると、カードがはいっていて、ちゃんとツリーが飛《と》びだしてきた。

すごい、どうやって作《つく》ったんだろう。

階段《かいだん》をのぼり、自分《じぶん》の部屋《へや》にもどる。

横《よこ》たわりながら、クリスマスカードを見《み》つめていると、あ、と思《おも》った。

厚紙《あつがみ》を半分《はんぶん》に折《お》って、線対称《せんたいしょう》にツリーを描《か》いて、切《き》りこみいれて――仕組《しく》みがわかった。

自分《じぶん》でも、作《つく》れる！

その瞬間《しゅんかん》、ベッドから起《お》きて机《つくえ》にむかった。

引《ひ》きだしから、図工《ずこう》であまった厚紙《あつがみ》、はさみ、色鉛筆《いろえんぴつ》、使《つか》えそうなものを机《つくえ》にならべる。

じっとしているなんてたえられない。

厚紙《あつがみ》を半分《はんぶん》に折《お》って、線対称《せんたいしょう》にツリーを描《か》く。

切《き》りこみをいれると、ツリーが飛《と》びだしてきた。

ここから、色《いろ》をつけてカラフルにしよう。

ツリーには、プレゼントや、飾《かざ》りも描《か》いていく。

ビーズやスパンコールもあったので、ペタペタはっていく。

5年生《ねんせい》の夏休《なつやす》み。

入院《にゅういん》していた私《わたし》に、ひかりはおみくじを持《も》ってきてくれた。

そのおかえしに、夜中《よなか》、フェルトでサッカーボールのおまもりを作《つく》ったっけ。

ひかりは事故《じこ》で私《わたし》のこと、忘《わす》れちゃったけど、あのおまもりで私《わたし》を、あの時《とき》の約束《やくそく》を思《おも》いだしてくれた。

ツリーのてっぺんは、ふつうは星《ほし》なんだけど、思《おも》い切《き》ってサッカーボールにしてみた。

修学旅行《しゅうがくりょこう》のときに、地面《じめん》にサッカーボール描《か》いたら、ひかりが、「へた」って笑《わら》っていた。

でも、今回《こんかい》は、ちょっとうまく描《か》けたかも。

ひかりは、5年生《ねんせい》の夏休《なつやす》みにした約束《やくそく》を守《まも》ってくれた。

だから、今度《こんど》も、きっと守《まも》ってくれる。

優勝《ゆうしょう》して！　そして、手紙《てがみ》でも電話《でんわ》でもなんでもいいから連絡《れんらく》して！

ううん、いっそ、会《あ》いに来《き》て！

目覚《めざ》まし時計《どけい》を見《み》ると、ちょうど13時《じ》。

試合開始《しあいかいし》のホイッスルが聞《き》こえた気《き》がした。

14章《しょう》

運命《うんめい》の決勝戦《けっしょうせん》　〜ひかりの章《しょう》〜

ファイターズは優勝《ゆうしょう》する。

未来《みらい》は、電話《でんわ》でそう言《い》ってくれた。

勝《か》てるはずの練習試合《れんしゅうじあい》で負《ま》け、監督《かんとく》や、まりんにおこられ、後輩《こうはい》からは「女子《じょし》に応援《おうえん》になんか来《き》てもらって」と言《い》われ、トーナメント戦《せん》で優勝《ゆうしょう》しないと、おれの立場《たちば》はないって思《おも》えた。

でも、本当《ほんとう》に優勝《ゆうしょう》なんかできるのかよ、テレビで「絶対《ぜったい》に負《ま》けられない戦《たたか》いがある」って言《い》ってるけど、日本《にほん》も負《ま》けるじゃん、って、自信《じしん》が持《も》てなかった。

でも、電話《でんわ》で未来《みらい》に、「ファイターズは優勝《ゆうしょう》する」って言《い》われたとき。

おれは、本当《ほんとう》に優勝《ゆうしょう》できるような気《き》がしてきた。

それから、おれは絶好調《ぜっこうちょう》になった。

ボールにも、味方《みかた》の動《うご》きにも、敵《てき》にも集中《しゅうちゅう》して、先《さき》が読《よ》めるんだ。

今《いま》、パスしたらだめだ。ここはたえろ。いっきに行《い》くぞ。あそこが空《あ》いている。

しかも、判断《はんだん》がことごとく当《あ》たる。

まりんのお兄《にい》さん、プロの大宮選手《おおみやせんしゅ》に話《はな》したら、「そういうときはある、このさいだから大木《おおき》ひかり絶好調神話《ぜっこうちょうしんわ》でも作《つく》るんだな」って応援《おうえん》してくれた。

準々決勝《じゅんじゅんけっしょう》も準決勝《じゅんけっしょう》も負《ま》ける気《き》がしなかった。

未来《みらい》のお母《かあ》さんと、おれの父《とう》さんのことは、頭《あたま》をかすめるときもあるけど、おれは無視《むし》し続《つづ》けた。

未来《みらい》は手紙《てがみ》に「考《かんが》えすぎただけ」って書《か》いていたけど、おれは、未来《みらい》が、おれが試合《しあい》に集中《しゅうちゅう》できるようにそういうことにしてくれたって、読《よ》んでいる。

未来《みらい》が、せっかく、そう仕向《しむ》けてくれたんだ。

だったら、もう、それに乗《の》って、試合《しあい》のことだけ考《かんが》えて優勝《ゆうしょう》してしまえばいい。

決勝《けっしょう》のグラウンドは今《いま》までとちがって、ちょっと立派《りっぱ》だし、観客《かんきゃく》も多《おお》い。

けど、おれは自分《じぶん》でもおどろくぐらい冷静《れいせい》だった。

絶好調《ぜっこうちょう》ってこともあるけど、おまもりのおかげもある。

5年生《ねんせい》の夏休《なつやす》みに未来《みらい》がフェルトで作《つく》ってくれたサッカーボールのおまもり。

じつは、練習試合《れんしゅうじあい》のとき、あれ、忘《わす》れて持《も》っていかなかったんだよ。

このトーナメント戦《せん》では1回戦《かいせん》からずっと、スポーツバッグにいれてある。

絶好調神話《ぜっこうちょうしんわ》はそれのおかげもあるのかもしれない。

決勝《けっしょう》の相手《あいて》は藤岡龍斗《ふじおかりゅうと》がキャプテンのコンドルズ。

2回戦《かいせん》あたりから、もしやとは思《おも》っていたけど、本当《ほんとう》にそうなるとはおどろきだ。

試合《しあい》をしたことがあるから、パターンはわかっているし、有利《ゆうり》かもしれない。

だが、よくよく考《かんが》えたら、むこうも同《おな》じってことだな。

藤岡龍斗《ふじおかりゅうと》は頭《あたま》がよくてそつのないやつだ。

試合以外《しあいいがい》でも、未来《みらい》、静香《しずか》と4人《にん》で遊園地《ゆうえんち》にいったこともあるけど、サッカー以外《いがい》でも大人《おとな》っぽくて、おれみたいに女子《じょし》におこられることもないだろうな。

学習発表会《がくしゅうはっぴょうかい》でも未来《みらい》と2人《ふたり》で歌《うた》ったりして、ちゃっかり、かっこいいところを持《も》っていく。

これはサッカーでも同《おな》じだ。

藤岡《ふじおか》は熱《あつ》くて元気《げんき》なチームメイトをうまく使《つか》って、冷静《れいせい》に試合《しあい》を運《はこ》ぶ。

おいしいところがあれば、自分《じぶん》でシュートを打《う》ってしまう。

それが、コンドルズの必勝《ひっしょう》パターン。

ゲーム開始《かいし》のホイッスルが鳴《な》り、龍斗《りゅうと》のキックオフで試合《しあい》がはじまった。

けど、おれは体《からだ》と心《こころ》は熱《あつ》いけど、頭《あたま》の中《なか》は自分《じぶん》でもびっくりするぐらい冷静《れいせい》で、藤岡《ふじおか》はあいつにパスして、こいつが走《はし》りこんできてと、コンドルズの試合運《しあいはこ》びがみえた。

勝《か》てる。

勝《か》ったら、未来《みらい》に優勝《ゆうしょう》の報告《ほうこく》をする！

ところが……おれの自信《じしん》があっというまに崩《くず》された。

藤岡《ふじおか》は味方《みかた》に軽《かる》くパスし、そのあと、自分《じぶん》にボールがもどってくると、なんだ、これは！　というようないきおいで、ドリブルしだした。

試合開始《しあいかいし》で、いきなり、そんなイノシシみたいないきおいで、突進《とっしん》することはありえない。

まれにやるやつもいるかもしれないが、藤岡龍斗《ふじおかりゅうと》は絶対《ぜったい》にそんなことをするやつじゃない！　絶対《ぜったい》にだ！

おれが、あっけにとられていると、ファイターズ全員《ぜんいん》がオタオタしてしまった。

まずい！　と走《はし》りながら大声《おおごえ》で指示《しじ》をだしたが、ぜんぶはずれた。

右《みぎ》を守《まも》れって言《い》ったら、コンドルズは左《ひだり》を攻《せ》めるし、7番《ばん》マークって言《い》ったら7番《ばん》にパスはわたされない。

藤岡《ふじおか》はところどころで、味方《みかた》にパスをだすが、さいごはおれだ！　とばかりに強引《ごういん》に攻《せ》めてくる。

こうなったら、こっちも同《おな》じだ。

だれも藤岡《ふじおか》を止《と》められないならおれが止《と》めてやる！　と、猛《もう》ダッシュした！

藤岡《ふじおか》のすぐ近《ちか》くまで行《い》き、とにかくボールをとってやると思《おも》ったが、跳《は》ね飛《と》ばされた。

審判《しんぱん》はファールをとると思《おも》ったけど、とらなかった。

反則《はんそく》ギリギリだ。

信《しん》じられなかった。反則《はんそく》ギリギリなんて、藤岡《ふじおか》にはもっとも似合《にあ》わない。

あいつは、反則《はんそく》ギリギリの荒《あら》いプレーをしてくるやつを、ふっと笑《わら》ってかわすやつだ。
なんで、自分《じぶん》からやるんだよ。
そのとき、ゴール前《まえ》のすごくいい位置《いち》にコンドルズの選手《せんしゅ》が走《はし》りこんできた。
西野《にしの》がすぐにそいつのマークに走《はし》った！
が、信《しん》じられないことが起《お》きた。
藤岡《ふじおか》が、かなり強引《ごういん》な位置《いち》から、無理《むり》やりな体勢《たいせい》でシュートを打《う》ったんだ！
うちのゴールキーパーが手《て》をのばす。
ボールはキーパーののばした手《て》に当《あ》たる。やった！
しかし、はじかれたボールは、はいってしまった。
ゴールだ……。
コンドルズのやつらがお祭《まつ》りみたいに、いっきに盛《も》りあがる。
「ウソだろ」
西野《にしの》がつぶやいた。
コンドルズの選手《せんしゅ》とハイタッチしながら、藤岡《ふじおか》がおれを見《み》た。

遠《とお》くにいるのに、藤岡《ふじおか》がものすごくでかく見《み》える。
その気迫《きはく》に圧倒《あっとう》される。
おまえ、おれには勝《か》てないよ。未来《みらい》には会《あ》えないよ。
そう言《い》われた気《き》がした。
おれの絶好調神話《ぜっこうちょうしんわ》がガラガラと音《おと》を立《た》てて崩壊《ほうかい》していく……。
未来《みらい》、どうすりゃいいんだ。

15章《しょう》

運命《うんめい》の決勝戦《けっしょうせん》 〜静香《しずか》の章《しょう》〜

未来《みらい》の熱《ねつ》がさがらなかったのは、神様《かみさま》がうちに気《き》をつかってくれたのかもしれない。

だって、もし、今《いま》、未来《みらい》がとなりにいたら、うちはたえられない。

未来《みらい》といっしょに今日《きょう》の龍斗《りゅうと》を見《み》るのは、つらすぎる。

龍斗《りゅうと》は、いつもとぜんぜんちがう。

いつもは、もっと冷静《れいせい》で落《お》ちついているのに、今日《きょう》の龍斗《りゅうと》は別人《べつじん》だ。

いや、別人《べつじん》じゃない。

きっと、これが龍斗《りゅうと》の本心《ほんしん》なんだ。

絶対《ぜったい》に、なにがなんでも、ひかりに勝《か》ちたいんだ。

そのためには、なりふりかまっていられない！

コンドルズがあっというまに1点《てん》とれたのは、龍斗《りゅうと》がいつもの龍斗《りゅうと》じゃなかったからだ。

ひかりもバカじゃないから、「コンドルズはいつもとちがう」って立《た》てなおした。

けど、ファイターズは点《てん》をとれない。

龍斗《りゅうと》がしつこいぐらい、ひかりに張《は》りついてるし、チームも龍斗《りゅうと》に反応《はんのう》してか、なにがなんでもこの1点《てん》を守《まも》るって決《き》めている。

ひかりに張《は》りついている龍斗《りゅうと》は、かっこいいとは言《い》えない。

守《まも》りにはいっている龍斗《りゅうと》も、ぱっとはしない。

でも、龍斗《りゅうと》のひたむきさは、もうふつうじゃない。

「お姉《ねえ》ちゃん、おめめ痛《いた》いの？」

となりの席《せき》のぼうやが声《こえ》をかけてくれた。

また、そのとなりのぼうやのお母《かあ》さんが「あら？　どうかした」とこっちをむく。

いつものぼろいグラウンドとはちがって、長《なが》いベンチが階段状《かいだんじょう》におかれている。

「コンタクトがずれちゃって。へへ」

コンタクトなんかしたことないくせに。

ちょっとだけ、こぼれた涙《なみだ》をぬぐう。

気《き》をゆるめたら、大声《おおごえ》で泣《な》きだしそうだ。

だって、もう、失恋確定《しつれんかくてい》だもん。

龍斗《りゅうと》が未来《みらい》のことを好《す》きなのは十分《じゅうぶん》にわかっていた。

でも、未来《みらい》はひかりが好《す》きなわけだし、龍斗《りゅうと》は少《すこ》しずつ、うちの気持《きも》ちに気《き》づいているようにも思《おも》えたし。

龍斗《りゅうと》だってバカじゃない。

報《むく》われない片想《かたおも》いより、うちの気持《きも》ちを受《う》けいれることを選《えら》んでくれるかも。

そんな期待《きたい》を少《すこ》しずつするようになっていった。

けど、期待《きたい》ははずれた。

龍斗《りゅうと》は大《おお》バカだった。

龍斗《りゅうと》のプレーを見《み》ていたら、龍斗《りゅうと》の気持《きも》ちにはいりこむことなんか、千《せん》パーセント不可能《ふかのう》だって、はっきりと、わかってしまった。

――帰《かえ》ろうか。

もう、告白《こくはく》しようなんて、思《おも》わないし、このままここにいたら、龍斗《りゅうと》がどれだけ未来《みらい》のことが好《す》きかって、見《み》つづけることになってしまう。

「行《い》けえ、コンドルズ！」

さっきのお母《かあ》さんが大声《おおごえ》をだした。

龍斗《りゅうと》がひかりから、ボールをうばって、仲間《なかま》にパス。

そこから、また、ドリブル、パスと、ボールはつながれていき、シュート！

追加点《ついかてん》だ！　と、思《おも》ったけど、キーパーに止《と》められてしまった。

「お兄《にい》ちゃんおしい～」

となりのぼうやががっくりしていた。

そっか、今《いま》、シュートした選手《せんしゅ》の弟《おとうと》なんだ。

「がんばれ～コンドルズ～」

ぼうやとお母《かあ》さんが大《おお》きな声《こえ》をだす。

てっきり、龍斗《りゅうと》は、コンドルズは、1点《てん》を守《まも》り抜《ぬ》く作戦《さくせん》なのかと思《おも》ったけど、まだまだ、攻《せ》める気満々《きまんまん》みたい。

ハーフタイムとなり、コンドルズの選手《せんしゅ》は、監督《かんとく》の話《はなし》に真剣《しんけん》にうなずいていた。

ひかりのほうはここからじゃみられない。

監督《かんとく》の話《はなし》が終《お》わると、今度《こんど》は龍斗《りゅうと》が熱《あつ》くみんなに語《かた》りかけていた。

それは、龍斗《りゅうと》が学校《がっこう》では絶対《ぜったい》にみせてくれない顔《かお》だった。

龍斗《りゅうと》は、器用《きよう》でおしゃれで、そつがなくて、大人《おとな》っぽい。

うちも、うちのクラスメイトも、龍斗《りゅうと》ってどういう子《こ》？　って聞《き》かれたら、そんな答《こた》えになるだろう。

本当《ほんとう》に、そうなのかな？

みんなが、勝手《かって》に龍斗《りゅうと》をそう決《き》めこんでいただけだとしたら……？

ハーフタイムが終《お》わり、後半戦開始《こうはんせんかいし》のキックオフになる。

思《おも》わず立《た》ち上《あ》がって声《こえ》をあげた。

「龍斗《りゅうと》、コンドルズ、がんばれ！」

「お姉《ねえ》ちゃん、声《こえ》、でか」

となりのぼうやが耳《みみ》をふさいでいた。

「ごめん、ぼうや」

そう言《い》いながら、心《こころ》の中《なか》で、未来《みらい》にもあやまった。

未来《みらい》、ごめん。

うち、約束《やくそく》やぶる。両方《りょうほう》なんて、応援《おうえん》できない。

悪《わる》いけど、龍斗《りゅうと》に、コンドルズに絶対《ぜったい》に勝《か》ってほしい！

うちは心《こころ》からそう願《ねが》い、応援《おうえん》した。

16章《しょう》

最初《さいしょ》でさいごのチャンス

1人《ひとり》ぼっちって静《しず》かだな。

クリスマスカードも作《つく》っちゃったし、ベッドで横《よこ》になっていたんだけど、ゆっくり起《お》き上《あ》がった。

部屋《へや》の窓《まど》をあけると、空《そら》はぼんやりとくもり、空気《くうき》が冷《つめ》たい。

時刻《じこく》は午後《ごご》3時《じ》。

どこかのお父《とう》さんらしき人《ひと》がケーキの箱《はこ》を持《も》って歩《ある》いていた。

試合《しあい》、どうなったんだろう。

もうそろそろ、終《お》わるんじゃないかな？

お母《かあ》さんの部屋《へや》のノートパソコンをあけたけど、まだブログは更新《こうしん》されていなかった。

知《し》りたいのに知《し》れないことを考《かんが》え続《つづ》けていたら、おなかがしくしくしてきたよ。

そうだ。今度《こんど》のお薬《くすり》って、おなかが痛《いた》くなるんだっけ？

窓《まど》をしめて、階段《かいだん》をおりた。

家全体《いえぜんたい》が、いつもより、静《しず》かに感《かん》じる。

なんだっけ、冬《ふゆ》、寒《さむ》くて静《しず》かな日《ひ》にはなにかが起《お》きるんだよね？

思《おも》いだせないまま、リビングの薬箱《くすりばこ》をあけた。

私《わたし》の名前《なまえ》が書《か》かれた薬《くすり》がはいっているはず。

ところが……薬箱《くすりばこ》には、お母《かあ》さんの名前《なまえ》が書《か》かれた薬《くすり》しかない。

これ、ちがうよね。

弱《よわ》ったなあ、痛《いた》みをおさえてくれる薬《くすり》がないって思《おも》うと、気《き》になってさらに痛《いた》くなってくる。

あ、もしかしたら……！

お母《かあ》さん、また、自分《じぶん》の机《つくえ》の引《ひ》きだしに、いれちゃったとか？

階段《かいだん》をのぼって、お母《かあ》さんの部屋《へや》にもどり、一番上《いちばんうえ》の引《ひ》きだしをあけた。

仕事用《しごとよう》の書類《しょるい》や文房具《ぶんぼうぐ》が雑《ざつ》につめこんである。

思《おも》わず、写真立《しゃしんた》てのお父《とう》さんに文句《もんく》を言《い》ってしまう。

「お母《かあ》さん、以前《いぜん》は整理整頓《せいりせいとん》していたよ〜、最近《さいきん》ドタバタしすぎ〜」

一番上《いちばんうえ》の引《ひ》きだしには薬《くすり》らしきものはなく、二番目《にばんめ》の引《ひ》きだしをあけるけど、そこも同《おな》じように、ごちゃごちゃしているだけだった。

そのごちゃごちゃしているものの中《なか》から、白《しろ》い封筒《ふうとう》の角《かど》がみえた。

なぜだか、よくわからない。

すっと、自然《しぜん》に手《て》が伸《の》び、角《かど》をつかみ、取《と》りだしてしまった。

その瞬間《しゅんかん》、封筒《ふうとう》に書《か》かれている宛名《あてな》以外《いがい》、なにも目《め》にはいらなくなった。

長方形《ちょうほうけい》の封筒《ふうとう》には、お母《かあ》さんの字《じ》で「大《おお》」「木《き》」「大《だい》」「様《さま》」と漢字《かんじ》が四《よっ》つたてにならんでいる。

大木大《おおきだい》、これ、ひかりのお父《とう》さんの名前《なまえ》だ。

でも、宛先《あてさき》の住所《じゅうしょ》はひかりの家《いえ》じゃない。

どこかの会社《かいしゃ》だ。

とっさに、裏《うら》をみると、お母《かあ》さんの名前《なまえ》と、職場《しょくば》の住所《じゅうしょ》が書《か》かれていた。

もう一度《いちど》、表《おもて》を見《み》る。

この住所《じゅうしょ》は、ひかりのお父《とう》さんの勤《つと》めている会社《かいしゃ》なんじゃない？

お母《かあ》さん、なんで、そんなこと知《し》っているの？

まだ、封《ふう》は閉《と》じられていなくて、折《お》りたたまれた便箋《びんせん》が見《み》えた。

内容《ないよう》に迷《まよ》っているようにも、だすかどうかなやんでいるようにもとれる。

どうする、このまま、引《ひ》きだしの中《なか》にもどす？

それとも……。

この手紙《てがみ》を読《よ》めば、お母《かあ》さんとひかりのお父《とう》さんは知《し》り合《あ》いなのに、どうして、それを私《わたし》たちにかくすのかが、わかるんじゃないかな。

けど、人《ひと》が書《か》いた手紙《てがみ》を読《よ》むって、いくら親子《おやこ》でも絶対《ぜったい》にしてはいけないこと。

でも、お母《かあ》さんは、ひかりからの手紙《てがみ》を、私《わたし》が修学旅行《しゅうがくりょこう》に行《い》っている間《あいだ》にぜんぶ読《よ》んだ。

だったら、これで、おあいこだ。

心臓《しんぞう》がどくんといやな音《おと》を立《た》てる。本当《ほんとう》にいいの？

でもこれがお母《かあ》さんとひかりのお父《とう》さんのことがわかる、最初《さいしょ》でさいごのチャンスかも。

写真立《しゃしんた》てを裏《うら》にした。
お父《とう》さん、見逃《みのが》して！
悪《わる》いのは、ひかりからの手紙《てがみ》を読《よ》んだお母《かあ》さんなんだから！
封筒《ふうとう》から便箋《びんせん》を引《ひ》きだす指《ゆび》がふるえる。
今日《きょう》は、本当《ほんとう》に静《しず》かだ。
町《まち》も、この家《いえ》も、この部屋《へや》も。
「拝啓《はいけい》　大木大様《おおきだいさま》」
はじめの1行《ぎょう》には、そう書《か》かれてあった。

17章《しょう》

運命《うんめい》の決勝戦《けっしょうせん》　～もう一度《いちど》、静香《しずか》の章《しょう》～

「いやあ、いい試合《しあい》だったな」

「まさかのＰＫ《ピーケー》だった」

「両方《りょうほう》ともがんばったよ」

応援《おうえん》に来《き》ていた家族《かぞく》は、選手《せんしゅ》たちのがんばりに興奮《こうふん》したり、喜《よろこ》んだり、悔《くや》しがったりしながら、席《せき》を立《た》つ。

うちは、ベンチで帰《かえ》りじたくをしている選手《せんしゅ》や、大人《おとな》がかたづけをしているグラウンドを見《み》ながら、しばらく座《すわ》ったまま、それこそ、ろう人形《にんぎょう》みたいに、ぽかんとしてた。

さっきまで、ここで、龍斗《りゅうと》とひかりが戦《たたか》っていた。

そのあと、優勝《ゆうしょう》カップ贈呈《ぞうてい》っていうのも行《おこな》われた。

優勝《ゆうしょう》したチームはカップで、準優勝《じゅんゆうしょう》は盾《たて》。

両《りょう》チームともキャプテンのひかりと龍斗《りゅうと》が受《う》け取《と》り、大《おお》きな拍手《はくしゅ》がおくられていた。

そうだ、ぼーっとよいんにひたっている場合《ばあい》じゃない！

帰《かえ》って、未来《みらい》に結果《けっか》を報告《ほうこく》しないと！

ファイターズのベンチには、もうだれもいなかった。

コンドルズのほうは、２、３人《にん》、選手《せんしゅ》がみえる。

龍斗《りゅうと》はそのへんにいるんだろうけど、あれだけ密度《みつど》の濃《こ》い試合《しあい》をしたんだ。

キャプテンとしてチームの子《こ》たちといっしょにいたいだろうし。

うちは邪魔《じゃま》だ。それに……。

ええい、昨日《きのう》の成績表《せいせきひょう》だって最悪《さいあく》だったんだ。

悪《わる》い頭《あたま》でごちゃごちゃ考《かんが》えるな！

応援席《おうえんせき》を出《で》ると、たくさんの人《ひと》が歩《ある》く場所《ばしょ》をさけ、だれも使《つか》わない裏道《うらみち》に足《あし》が勝手《かって》に動《うご》きだしていた。

試合《しあい》の熱気《ねっき》が消《き》え、急《きゅう》に体《からだ》が冷《ひ》えてきた。

寒《さむ》いって、さびしいね。

すると、今《いま》のうちみたいに、自動販売機《じどうはんばいき》が1台《だい》だけぽつんと置《お》かれていた。

しかも、そこには、うちよりも、自動販売機《じどうはんばいき》よりも、もの悲《がな》しそうに、1人《ひとり》で飲《の》み物《もの》を買《か》っている男《おとこ》の子《こ》がいた。

ユニフォームにダウンジャケットを羽織《はお》っている龍斗《りゅうと》だった。

「あれ、なんで？」

龍斗《りゅうと》が不思議《ふしぎ》そうな顔《かお》をする。やばい、どうしよう。

ガタンと音《おと》がし、龍斗《りゅうと》が販売機《はんばいき》の口《くち》からペットボトルを取《と》りだす。

「あ、あの、いや、つまり、病気《びょうき》の未来《みらい》のかわりに、ひかりの試合《しあい》を見《み》にきたってこと」

「なるほどね」

龍斗《りゅうと》が笑《わら》った。

「今《いま》から、帰《かえ》って、未来《みらい》に報告《ほうこく》しないと」

自分《じぶん》の意思《いし》でしゃべっているのに、自分《じぶん》じゃないみたい。

龍斗《りゅうと》は一口《ひとくち》飲《の》むと、ふたをしめた。

「病気《びょうき》の未来《みらい》に、いい報告《ほうこく》してやれよ」

そう言《い》って、背《せ》をむけられたとき。

「ウソだよ！」

おさえにおさえていた感情《かんじょう》が声《こえ》になって飛《と》びだしてしまった。

「未来《みらい》のかわりにひかりの試合《しあい》を見《み》にきたんじゃない！　龍斗《りゅうと》の応援《おうえん》をしにきたんだよ」

龍斗《りゅうと》の足《あし》が止《と》まり、ふりかえった。

「龍斗《りゅうと》、勝《か》ちたかったんだね。なにがなんでも、ひかりをたおしたかったんだね。そりゃ、そうだよ！　龍斗《りゅうと》は、ずっとひかりに負《ま》けっぱなしだもん。かっこわるいぐらいに、みじめに、ずっと負《ま》けっぱなしで、だったら、サッカーで勝《か》つしかないよ！」

「おまえ……」

気《き》がついたら、涙《なみだ》が止《と》まらなかった。

神様《かみさま》なんかいないんだ。

いたら、絶対《ぜったい》に龍斗《りゅうと》に勝《か》たせている。

龍斗《りゅうと》に、優勝《ゆうしょう》カップをわたしている。

「ずっと、1対《たい》0で勝《か》っていたのに、さいごのさいごでひかりのバカが、決《き》めちゃうから！　ＰＫ《ピーケー》だって、龍斗《りゅうと》は決《き》めたのに！　あとちょっとだったのに！　あと少《すこ》しで勝《か》てたのに〜！」

涙《なみだ》の量《りょう》が多《おお》すぎて、自分《じぶん》でもなにを言《い》っているんだかわからない。

「龍斗《りゅうと》は、ひかりにも負《ま》けっぱなしだけど、それは、未来《みらい》に負《ま》けっぱなしってことでもあってさ。こんなに負《ま》けてばかりなら、勝《か》てよ！　なんで勝《か》てなかったのよ！」

うちは、悔《くや》しいんだか、おこってるのか、悲《かな》しいのか、もう、いりまじりすぎだよ。

いりまじりすぎのまま、泣《な》きじゃくっていると、龍斗《りゅうと》が言《い》った。

「あのさ、静香《しずか》」

「なによ！」

龍斗《りゅうと》が困《こま》ったように頭《あたま》をかく。

「ふつうはさ、おれが泣《な》くんだよ」

「へ？」

両方《りょうほう》の手《て》のひらで、ほほの涙《なみだ》をはらった。

「感情的《かんじょうてき》になっているところ、悪《わる》いんだけど。試合《しあい》に負《ま》けたのはおれなんだよ。おれは負《ま》けたチームのキャプテンなんだよ。なんで、おまえが泣《な》くんだよ」

おえつをこらえながら、ひっくひっくとがんばって声《こえ》をだした。

「龍斗《りゅうと》の気持《きも》ちがわかるからだよ。勝《か》ちたくてたまらないのに、勝《か》てない。うちも勝《か》ちたくてたまらない相手《あいて》がいるよ。でも、そいつは、すごくいいやつでさ。うち、その子《こ》、大《だい》好《す》きでさ。こうなったら、」

思《おも》わず、「芸能界進出《げいのうかいしんしゅつ》して、龍斗《りゅうと》をふりむかせて」って言《い》いそうになったけど、そこはこらえる。

「うちと龍斗《りゅうと》はいっしょだよ！　2人《ふたり》そろって、負《ま》けっぱなしの空回《からまわ》りだよ！」

自動販売機《じどうはんばいき》を蹴《け》とばすようないきおいでさいごの言葉《ことば》をはきだすと、龍斗《りゅうと》の表情《ひょうじょう》が一瞬《いっしゅん》かたまった。

龍斗《りゅうと》はめったにおどろかないし、動揺《どうよう》しない。

けど、目《め》がゆれていた。

龍斗《りゅうと》が空《から》になったペットボトルをごみ箱《ばこ》に放《ほう》った。

「静香《しずか》、おれ、ミーティングだから」

「え、あ、うん、ごめん」

「ハンカチとかティッシュとか持《も》ってるだろうな」

「た、たぶん。あ、あれ？」

ポシェットをあけたけど、そんなものは両方《りょうほう》ともない。

「つたく」

ダウンジャケットのポケットからハンカチを取《と》りだした龍斗《りゅうと》と目《め》があった。

「いいの？」

すごくやさしい顔《かお》でうなずいてくれた。

お父《とう》さんもお母《かあ》さんもうちにやさしい顔《かお》をしてくれる。でも、それとはちがう。

うちの女《おんな》の子《こ》としてのバカさを許《ゆる》してくれた目《め》だ。

やめて。止《と》まった涙《なみだ》が、また、あふれでてしまう！

ハンカチを受《う》け取《と》り、ありがとうと言《い》おうとしたんだけど。

龍斗《りゅうと》が先《さき》だった。

「ありがとな、静香《しずか》」

それだけ言《い》って龍斗《りゅうと》は歩《ある》きだした。
うちはハンカチをにぎりしめながら、龍斗《りゅうと》の背中《せなか》をずっと見《み》ていた。
未来《みらい》、どうしよう。うち、龍斗《りゅうと》のこと、もっと好《す》きになっちゃったかも。

18章《しょう》 白《しろ》いクリスマスイブ

ふるえながら、便箋《びんせん》を封筒《ふうとう》にもどし、その封《ふう》を引《ひ》きだしにいれた。

ばれないように、雑多《ざった》な文具《ぶんぐ》の間《あいだ》にいれ、引《ひ》きだしの中《なか》を、完全《かんぜん》に元《もと》の状態《じょうたい》にもどす。

今《いま》、私《わたし》がやっていることは、泥棒《どろぼう》と同《おな》じだ。

写真立《しゃしんた》てを表《おもて》にすると、お父《とう》さんと目《め》があわせられなかった。

自分《じぶん》の部屋《へや》にもどり、ふらふらしながら、ベッドにこしかける。

読《よ》まなければよかった。

読《よ》まなければ、なにも知《し》らずに、もう少《すこ》しの間《あいだ》、ひかりが好《す》きってことだけで心《こころ》をいっぱいにしておくことができた。

幸《しあわ》せでいられた。

私《わたし》は、今《いま》、ぜんぶを知《し》ってしまった。

そして、知《し》ってしまったことはだれにも話《はな》せない。
ずっと、この事実《じじつ》を胸《むね》に秘《ひ》めていくしかない。
それって、どういうことなんだろう。
ぜんぜん、想像《そうぞう》がつかないよ。
もう、ひかりには会《あ》っちゃいけないの？
トゥルルルル。
机《つくえ》の上《うえ》の子機《こき》が鳴《な》り、びくりとする。
発信者番号《はっしんしゃばんごう》はお母《かあ》さんのスマホだった。
だれも見《み》ていないのに、首《くび》をふる。
今《いま》は、お母《かあ》さんと話《はな》す勇気《ゆうき》がない。
なのに、電話《でんわ》は鳴《な》り続《つづ》ける。
お母《かあ》さん、心配《しんぱい》してくれているんだ。私《わたし》が出《で》るまで鳴《な》らし続《つづ》けそう。
子機《こき》を手《て》に取《と》った。
「はい」

「未来《みらい》、薬箱《くすりばこ》の薬《くすり》、飲《の》んでないわよね」

いきなりあわてた声《こえ》が耳《みみ》にとびこんできた。

「お母《かあ》さん、病院《びょういん》でもらった自分《じぶん》の鼻《はな》かぜの薬《くすり》と、未来《みらい》のおなかの薬《くすり》とまちがえて持《も》ってきちゃったの！」

「さっき、薬箱《くすりばこ》のぞいたら、お母《かあ》さんの薬《くすり》だけあったよ」

「え？　ねえ、今《いま》、おなか痛《いた》いの？」

「ううん、平気《へいき》」

さっきぜんぶ知《し》っちゃって、痛《いた》みなんか飛《と》んでいったよ！

笑《わら》って、そう口《くち》にしたい。

すると、お母《かあ》さんのくしゃみと鼻《はな》をすする音《おと》が聞《き》こえた。

「私《わたし》のおなかより、お母《かあ》さんが、お客《きゃく》さんをマッサージしながら鼻水《はなみず》がたれちゃうほうが大変《たいへん》だよ。ふふ」

バカみたいなことを想像《そうぞう》したらなんとか笑《わら》えた。

なんでもいいから笑《わら》いたかった。そうしないと、心《こころ》がこわれてしまいそう。

「あはは、そうね。そうなったら大変《たいへん》よね。あ、9時《じ》には帰《かえ》るから」

「はい、待《ま》ってます。もう切《き》るよ」

子機《こき》を置《お》くと、息《いき》をはいた。

人《ひと》の手紙《てがみ》を読《よ》んだ、私《わたし》が悪《わる》いんだ。

これからは、がんばって、お母《かあ》さんにウソをつき続《つづ》けないといけない。

私《わたし》はなんにも知《し》らないよって。

だって、お母《かあ》さんがずっと本当《ほんとう》のことを話《はな》さなかったのは、私《わたし》のためだから。

お母《かあ》さん、内心《ないしん》は、私《わたし》にぜんぶしゃべりたかったんじゃないかな？

ぜんぶしゃべって、「ひかり君《くん》には会《あ》わないで」って言《い》いたかったんだよ。

それができれば、らくだった。

でも、お母《かあ》さんは、私《わたし》にとってひかりがどれだけ大切《たいせつ》な存在《そんざい》かがわかっちゃって、それで、かくし続《つづ》けるしかなくなったんだ。

よく考《かんが》えたら、落《お》ちついて思《おも》いかえせば、あのとき。

ひかりが、うちの学校《がっこう》の学習発表会《がくしゅうはっぴょうかい》に来《き》てくれたとき。

私《わたし》のクラスの合唱《がっしょう》が終《お》わって、校庭《こうてい》で、ひかりがお母《かあ》さんと会《あ》って。

ひかりが、あわてておじぎして、ボールペンを落《お》として。

そのボールペンのてっぺんにバスの飾《かざ》りがついていて……。

拾《ひろ》ったお母《かあ》さんが動揺《どうよう》して……。

どうして、あのとき、気《き》がつかなかったの？

私《わたし》のお父《とう》さんはバスの事故《じこ》で死《し》んだ。

ひかりのお父《とう》さんは、以前《いぜん》、バス会社《がいしゃ》で働《はたら》いていた。

おちついて考《かんが》えれば気《き》がつけたはず。

ううん、やっぱり、気《き》がつきたくなかった。

ずっと知《し》らないでいたかった。

それにしても、今日《きょう》は静《しず》かだ。

しんしんとしている。

思《おも》いだした。

冬《ふゆ》の静《しず》かな日《ひ》には、白《しろ》くて小《ちい》さなお客《きゃく》さんがやってくるって、どこかで聞《き》いたことがある。

もしやと思《おも》い窓《まど》をあけると、雪《ゆき》がひらひらと舞《ま》いおりてきた。
きれい……。
だけど、こんなときに、きれいなものをみても、どう感《かん》じていいのか、わからないよ。
ピンポーン。
チャイムが鳴《な》った。
静香《しずか》かもしれない。
そう思《おも》ったら、急《きゅう》に現実《げんじつ》に引《ひ》きもどされた。
龍斗《りゅうと》に言《い》えたのかな。
そして、ひかりは、勝《か》てたの？
さっき知《し》ってしまったことを、すべてふりきるように、階段《かいだん》をおりる。
「はい」
ドアをあけた瞬間《しゅんかん》、目《め》を疑《うたが》った。
息《いき》が止《と》まってしまいそう。
「こ、こんばんは」

ダウンジャケットをはおり、スポーツバッグをななめにかけ、鼻《はな》の頭《あたま》を真《ま》っ赤《か》にしていた。

「ど…うして」

声《こえ》がうわずり、ちゃんと言葉《ことば》になったかどうかもわからなかった。

「優勝《ゆうしょう》したから」

「え？」

「優勝《ゆうしょう》したら、連絡《れんらく》するって言《い》ったろ」

ひかりが頭《あたま》をかいている。

照《て》れくさそうだけど、目《め》が輝《かがや》いていた。

その瞳《ひとみ》に心《こころ》をぎゅっとつかまれたまま、自分《じぶん》の口《くち》がロボットのように動《うご》いた。

「連絡《れんらく》するって、電話《でんわ》とか手紙《てがみ》なんじゃないの？」

「え、あ、そうか。おれ、もう、行《い》っちゃえばいいやって」

「本当《ほんとう》に優勝《ゆうしょう》しちゃったの？」

「ああ」

「おめでとう」

あっけにとられてそれしか言《い》えない。

「あ、ありがとう。あ、あの、おばさんは？」

ひかりが目《め》で家《いえ》の中《なか》をのぞきこむ。

「仕事《しごと》」

「そっか。よかった。あ、いや、いないほうがいいやとか、そういう意味《いみ》じゃなくてさ。ははは」

ひかりがごまかすように笑《わら》う。子犬《こいぬ》みたいにかわいくて……。

けど、いきなりあらわれて、そんなにかわいくされても、どうしたらいいのか……。

「あれ、未来《みらい》。パジャマって、具合悪《ぐあいわる》いの？」

「う、うん。ちょっとだけ。大《たい》したことない」

「そっか。あ、寒《さむ》いな？」

ひかりがドアをしめて、ちゃんと家《いえ》にはいってくると、きょりがぐっと縮《ちぢ》まり、目《め》があった。

どきりとする。

ひかり、いつもとなにかちがう。

強《つよ》い意志《いし》みたいなものを感《かん》じる。

スポーツバッグを床《ゆか》に置《お》いた。

まるで、ここから、ひかりのもう一《ひと》つの試合《しあい》がはじまるみたい。

「静香《しずか》に、会《あ》わなかった？」

なんでもいいから、しゃべろうと声《こえ》をだした。

だって、このままだまっていると、ここが玄関《げんかん》じゃなくてちがう場所《ばしょ》になっちゃいそう。

ひかりが、私《わたし》をどこかにつれだしちゃいそう。

「え、知《し》らない。あいつ、来《き》てくれたの？」

「う、うん、龍斗《りゅうと》の応援《おうえん》に」

「あ、そっか、未来《みらい》も静香《しずか》も藤岡《ふじおか》のクラスメイトだもんな。あいつ、すごかったよ。負《ま》けるかと思《おも》った」

「でも、ひかりが勝《か》ったんでしょ？」

「ギリギリ。未来《みらい》のおかげ」

ひかりが口笛《くちぶえ》でも吹《ふ》くかのように言葉《ことば》を付《つ》けたした。

え？　今《いま》、なんて言《い》った？

「くしゅん」

「やっぱ、寒《さむ》いんじゃねえか」

ひかりが私《わたし》の肩《かた》に手《て》をおいた。あたたかい。

そのあたたかさに胸《むね》の奥《おく》がつまり、涙《なみだ》が出《で》てきそう。

ひかりが、はっとなって、手《て》をはなした。

ごまかすように話《はな》しだす。

「本当《ほんとう》は、優勝《ゆうしょう》カップ持《も》ってきたかった。未来《みらい》に見《み》てほしかった。でも、さすがに祝賀会《しゅくがかい》にカップがないのはさあ」

ひかりがいたずらっこのように笑《わら》った。

「今《いま》、祝賀会《しゅくがかい》なの？　キャプテン、こんなところにいていいの？」

「だって、おれ、ここに来《く》るために優勝《ゆうしょう》したんだもん」

どくんと心臓《しんぞう》が鳴《な》った。

ひかりはまるで、あたりまえのことのようにしゃべっているけど、私《わたし》の心臓《しんぞう》は、今《いま》の言《こと》葉《ば》で、完全《かんぜん》におかしくなってしまった。

ひかりがちょっと視線《しせん》を下《した》にむける。

照《て》れながらも、一生懸命話《いっしょうけんめいはなし》をつづける。

「優勝《ゆうしょう》したら、未来《みらい》に会《あ》えるって思《おも》っていたら、本当《ほんとう》に優勝《ゆうしょう》しちゃって。いや、そう思《おも》ったから優勝《ゆうしょう》できて……」

ひかり、なに言《い》っているの？

「コンドルズ、すげえ強《つよ》くてさ。いつもとちがうし。いきなり1点《てん》とられちゃったし。けど、未来《みらい》が電話《でんわ》で言《い》ってくれた言葉《ことば》を、声《こえ》が思《おも》いだされて。『私《わたし》が保証《ほしょう》する』って。そうしたら、冷静《れいせい》になれて、無心《むしん》になれて、シュート決《き》まって。PK《ピーケー》もはいっちゃって」

人《ひと》には予感《よかん》っていうものがある。

ああ、いいことありそうだ。失敗《しっぱい》しそうだ。

そして、まさかの、想定外《そうていがい》の、ずっと待《ま》ち望《のぞ》んでいたサプライズがもらえるかもっていう予感《よかん》も。
まさか……。
ひかりが顔《かお》をあげた。
「おれ、未来《みらい》が好《す》きだ。初恋《はつこい》だ」
ひかりの瞳《ひとみ》が私《わたし》の心《こころ》をつかむ。はなしてくれない。
うれしすぎて、どう受《う》け止《と》めていいかわからない。
でも、私《わたし》はさっき、手紙《てがみ》を読《よ》んでしまった。
ぜんぶ、知《し》っちゃったんだよ。
答《こた》えがみつからない！

第《だい》8巻《かん》につづく

あとがき

『たったひとつの君《きみ》との約束《やくそく》〜なみだの聖夜《せいや》〜』を読《よ》んでくれて、どうもありがとう。

こんにちは、みずのまいです。

今回《こんかい》は、冬《ふゆ》のお話《はなし》でしたが、書《か》いたのは雪《ゆき》とは縁遠《えんどお》い、蒸《む》し暑《あつ》い6月《がつ》から7月《がつ》にかけてでした。

少《すこ》しでも気持《きも》ちを盛《も》り上《あ》げようと、クリスマスの曲《きょく》をかけたり雪《ゆき》だるまの絵本《えほん》をめくったりがんばってみたけど、どうだった？

そういえば、おねフェアでクリスマスの話《はなし》を書《か》いたときもまったく同《おな》じだったなあ。

次《つぎ》にクリスマスの話《はなし》を書《か》くときは、12月《がつ》にリアルな雰囲気《ふんいき》を味《あじ》わいながら書《か》きたいです！

ところで、みんなは、自分《じぶん》で自分《じぶん》をほめることってある？

自分《じぶん》で自分《じぶん》をほめるなんてへんだよって思《おも》われるかもしれないけど、やってみると面白《おもしろ》いよ。

すごいことじゃなくていいの。最近《さいきん》、机《つくえ》の中《なか》きれいにしているなあとか、苦手《にがて》な子《こ》とちょっと会話《かいわ》できちゃったぐらいで十分《じゅうぶん》なんで、「私《わたし》、最近《さいきん》えらいなあ」ってほめてみると、毎日《まいにち》、楽《たの》しいよ。よかったら、やってみてね。

そうだ、ここで重大発表《じゅうだいはっぴょう》！　ジャーン！

君約《きみやく》シリーズ、月刊《げっかん》「りぼん」にて、池田春香《いけだはるか》さんの魔法《まほう》で漫画《まんが》化《か》されています。（キャラデザインは、もちろんU35《うみこ》さんです）

いろんな人《ひと》の手《て》で自分《じぶん》の作品《さくひん》が広《ひろ》がっていき、とてもうれしいです。

ぜひぜひ、読《よ》んでね。

さて、今回《こんかい》はまさか！　のシーンで終《お》わっちゃったけど、次巻《じかん》はもっと、まさかのまさかです。お楽《たの》しみに〜！

みずのまい

※みずのまい先生《せんせい》へのお手紙《てがみ》は、こちらに送《おく》ってください。

〒101‐8050　東京都千代田区一ツ橋《とうきょうとちよだくひとつばし》2‐5‐10

集英社《しゅうえいしゃ》みらい文庫編集部《ぶんこへんしゅうぶ》　みずのまい先生係《せんせいがかり》

あとがき

物語が大きく動いた７巻！
ますます二人に目が離せなくなってきましたね…
こちらもとてもどきどきします

今回はカバーの線画をあとがきに載せてみました！

U35（うみこ）

集英社みらい文庫

たったひとつの
君《きみ》との約束《やくそく》
～なみだの聖夜《せいや》～

みずのまい 作

U35（うみこ） 絵

ファンレターのあて先
〒101-8050 東京都千代田区一ツ橋2-5-10 集英社みらい文庫編集部
いただいたお便りは編集部から先生におわたしいたします。

2018年10月31日 第1刷発行

発行者 北畠輝幸
発行所 株式会社 集英社
〒101-8050 東京都千代田区一ツ橋2-5-10
電話 編集部 03-3230-6246
読者係 03-3230-6080
販売部 03-3230-6393（書店専用）
http://miraibunko.jp
装丁 中島由佳理
印刷 図書印刷株式会社 凸版印刷株式会社
製本 図書印刷株式会社

ISBN978-4-08-321464-6 C8293 N.D.C.913 186P 18cm

ムダサイエンティスト・
平林純《ひらばやしじゅん》先生《せんせい》プレゼンツ★

ツコむ日本《にほん》の歴史《れきし》
～だから教《きょう》科《か》書《しょ》にのらなかった～』

ょどなど、みんなが知《し》ってる日本《にほん》の
35のお話《はなし》。意外《いがい》な“ビックリ”が
ない歴史本《れきしぼん》！

さらには、こんなネタも…

★「本能寺《ほんのうじ》の変《へん》」なぜ6月《がつ》2日《か》に起《お》こった？
⇒月《つき》の満《み》ち欠《か》けと関係《かんけい》していた!?
★「中国大返《ちゅうごくおおがえ》し」のスピードは？
⇒じつはあんまり速《はや》くない!?

みらい文庫より
ちょっと大きめの
サイズ

2018年《ねん》11月《がつ》26日《にち》月《げつ》発売《はつばい》!!

“新《あたら》しい楽《たの》しさ”に
のハイブリッド本《ぼん》!!

『信長もビックリ!?
科学でツッコむ日本の歴史
～だから教科書にのらなかった～』
平林 純 著　千野エー 絵
単行本｜四六判｜集英社

から逃《に》げきれ!!!!
命《いのち》がけの
鬼《おに》ごっこ
スタート!
学《がっ》校《こう》内《ない》でライオンが暴《ぼう》走《そう》!
弟《おとうと》・蓮《れん》と同《どう》級《きゅう》生《せい》・陽《ひ》菜《な》と逃《に》げる!
大《だい》コーフン
学《がく》園《えん》ホラー
第《だい》1弾《だん》
夏休《なつやす》み、忘《わす》れ物《もの》をとりに
緑ヶ原小《みどりがはらしょう》に向《む》かった兄弟《きょうだい》、大地《だいち》と蓮《れん》。
学校《がっこう》に入《はい》ると突然《とつぜん》、
どう猛《もう》なライオンがあらわれた
飼育委員《しいくいいん》をしていた陽菜《ひな》もまきこんで、
ツメやキバをむきだしにしておそってくる
ライオンから学校中《がっこうじゅう》を逃《に》げまわる!!
緊急事態《きんきゅうじたい》のなか、大地《だいち》は蓮《れん》と陽菜《ひな》に
ある秘密《ひみつ》を打《う》ち明《あ》けるが…
3人《にん》は無事《ぶじ》に家《いえ》に
帰《かえ》れるか…!?

「みらい文庫《ぶんこ》」読者《どくしゃ》のみなさんへ

　言葉《ことば》を学《まな》ぶ、感性《かんせい》を磨《みが》く、創造力《そうぞうりょく》を育《はぐく》む……、読書《どくしょ》は「人間力《にんげんりょく》」を高《たか》めるために欠《か》かせません。
たった一枚《いちまい》のページをめくる向《む》こう側《がわ》に、未知《みち》の世界《せかい》、ドキドキのみらいが無限《むげん》に広《ひろ》がっている。
これこそが「本《ほん》」だけが持《も》っているパワーです。

　学校《がっこう》の朝《あさ》の読書《どくしょ》に、休《やす》み時間《じかん》に、放課後《ほうかご》に……。いつでも、どこでも、すぐに続《つづ》きを読《よ》みたくなるような、魅力《みりょく》に溢《あふ》れる本《ほん》をたくさん揃《そろ》えていきたい。読書《どくしょ》がくれる、心《こころ》がきらきらしたり胸《むね》がきゅんとする瞬間《しゅんかん》を体験《たいけん》してほしい、楽《たの》しんでほしい。みらいの日本《にほん》、そして世界《せかい》を担《にな》うみなさんが、やがて大人《おとな》になった時《とき》、「読書《どくしょ》の魅力《みりょく》を初《はじ》めて知《し》った本《ほん》」「自分《じぶん》のおこづかいで初《はじ》めて買《か》った一冊《いっさつ》」と思《おも》い出《だ》してくれるような作品《さくひん》を一所懸命《いっしょけんめい》、大切《たいせつ》に創《つく》っていきたい。

　そんないっぱいの想《おも》いを込《こ》めながら、作家《さっか》の先生方《せんせいがた》と一緒《いっしょ》に、私《わたし》たちは素敵《すてき》な本作《ほんづく》りを続《つづ》けていきます。「みらい文庫《ぶんこ》」は、無限《むげん》の宇宙《うちゅう》に浮《う》かぶ星《ほし》のように、夢《ゆめ》をたたえ輝《かがや》きながら、次々《つぎつぎ》と新《あたら》しく生《う》まれ続《つづ》けます。

　本《ほん》を持《も》つ、その手《て》の中《なか》に、ドキドキするみらい――。
本《ほん》の宇宙《うちゅう》から、自分《じぶん》だけの健《すこ》やかな空想力《くうそうりょく》を育《そだ》て、〝みらいの星《ほし》〟をたくさん見《み》つけてください。

　そして、大切《たいせつ》なこと、大切《たいせつ》な人《ひと》をきちんと守《まも》る、強《つよ》くて、やさしい大人《おとな》になってくれることを心《こころ》から願《ねが》っています。

2011年《ねん》　春《はる》

集英社《しゅうえいしゃ》みらい文庫《ぶんこ》編集部《へんしゅうぶ》